拇指手套

ミ・ト・ン

[日]小川糸——著
吕灵芝——译
[日]平泽摩里子——绘

中国出版集团 现代出版社

目录

第一章　生日的黑面包

拇指手套

在一个寒冷的早晨，玛丽卡发出了第一声哭泣。那是花楸的果实微微染上一丝红晕的时节，妈妈在蒸房里生下了玛丽卡。

蒸房是个神圣的场所，因为这里聚集了许多精灵。人们很难看见精灵，但它们的确存在。

精灵们在空中围成一圈，上下翻飞着庆祝玛丽卡的诞生。

当然，不只是精灵为玛丽卡的诞生感到高兴。

听到玛丽卡的哭声，爸爸第一个赶到了蒸房。他没有说话，而是用目光询问妈妈。妈妈露出疲惫且平静的笑容，告诉他：

“是个活泼的女孩子。”

听到这句话，躲在爸爸背后的三个儿子全都高兴得瞪大了眼睛。爷爷和奶奶在不远处的房子里，透过窗户注视着这一切。

玛丽卡是一家人期盼已久的女孩子。家里每个人都希望这次是个女孩子。

而且，玛丽卡是个幸运的孩子。她有爷爷奶奶、爸爸妈妈，还有三个哥哥。

有这么多家人围绕着她，这就是幸福。因为每个人都想抱抱玛丽卡，逗她开心，跟她玩耍。

玛丽卡出生的那天早晨，奶奶织起了小小的连指手套。

卢普迈泽共和国的冬天十分寒冷，没有手套就无法度过寒冬。对这个国家的人们来说，戴上鲜艳漂亮的连指手套，是生活中的一大乐趣。每个人都有自己最喜欢的手套。

没错，玛丽卡出生在卢普迈泽共和国。

玛丽卡出生前一个月，卢普迈泽共和国刚刚成立。所以，她与祖国同龄，感觉就像亲密的同学。

当然，很久以前就有人生活在这片土地上。人们聪慧正直，知足常乐，所以，不需要成立一个国家。

奶奶照着刚刚出生的玛丽卡的小手开始缝手套。她用的是又细又软的毛线，能温柔地包裹玛丽卡的小手。

因为只用一种颜色的毛线，奶奶只需一根毛衣针。人们都说织手套，但是只用一根针时，就要说成“缝”。

对了，这种针是用驼鹿锁骨打磨的，圆头那端钻了一个穿毛线用的小孔。骨针无比坚韧，绝对不会折断。

奶奶舞动着灵巧的手指，用骨针缝制手套。对她来说，编织就像呼吸一样，是再熟悉不过的事情。

奶奶仔细凝视着玛丽卡的手，欣慰地轻叹了口气。

玛丽卡的手又小又可爱，让人忍不住想一口吃掉。奶奶早已忘记了，原来刚出生的婴儿竟是这样小啊。

玛丽卡虽然长得小，但每根手指上都长着整齐的指甲。翻过手来，还能看到一丝不乱、宛如海浪的指纹。

为了能让玛丽卡尽快戴上手套，奶奶一边缝制，一边反复比对大小。她当然知道，过不了多久，玛丽卡的手就会长大，再也戴不上这副手套。

不过，到时候奶奶就会为她缝制新的手套。因为织手套是奶奶的快乐。

奶奶一边想象玛丽卡将来会出落成什么样的女孩子，一边缝制小小的手套。她为玛丽卡人生中的第一副手套挑选了大红色的毛线。玛丽卡是个十分适合红色的女孩子。

奶奶为玛丽卡缝手套时，爸爸带着三个儿子进了树林。

M. Hirasawa

他们要砍一棵云杉回来当圣诞树。

好像有人在用落叶烤火，烟味随着清冷的秋风飘了过来。脚下落了许多发黄的叶子和橡果，到处都挂着银色的霜柱，给森林披上了银色的亮粉，在阳光下闪闪发光。

爸爸和三个儿子走在林间小道上，思考着刚刚出生的女儿的名字。

爸爸的名字又长又难读，所以他不想给女儿起那样的名字。一定要简单响亮，谁都能立刻记住，而且显得亲切热情。

其中一个，就是玛丽卡。玛丽卡的意思是“温柔的母亲”，散发着一股暖意。

于是，“玛丽卡”这个名字成了爸爸心中最佳的候选。

“关于妹妹的名字，我想问问你们的意见。”爸爸对走在旁边的三个儿子说，“你们觉得叫玛丽卡怎么样？”

“有种寒冷的冬天里难得见到了晴朗蓝天的感觉。”最先回答的是大儿子。

“这个名字很顺口。”接着是二儿子。

“以后成了老婆婆也会很好听。”小儿子说道。

是呀，名字会跟随人的一生，所以不仅要考虑婴儿和幼年时期，还要考虑人老了以后名字是否仍旧合适。这就是身为父母的责任。

爸爸又一次认真思考起来。等他心中有了结论，便停下脚步，轮流看了看三个儿子，开口说道：“同意妹妹叫玛丽卡的人请举手。”

三只手立刻高高地举了起来，恨不能超过树梢。最后，爸爸也举起了手。

就这样，玛丽卡成了玛丽卡。

这个名字很响亮，也很温柔，同时又很坚强，而且好记。再也没有比玛丽卡更合适的名字了。

不知不觉，父子四人已经走到了树林深处。他们该挑选云杉了。卢普迈泽共和国规定，每家都可以砍一棵云杉，带回家做成圣诞树。但是，无论家里有多少人，无论多么富裕，都不准砍两棵。

云杉一直是卢普迈泽共和国宝贵的资源。它有点像冷杉，但不尽相同。云杉比冷杉长得更高大，松塔又细又长。

其实他们应该早点到林子里来的，可是爸爸想亲眼看到玛丽卡平安降生，所以一直没离开家。

爸爸跟三个儿子选中了林子深处一棵格外高大的云杉。

他们把妈妈编的美丽织带系在树干上，然后一起祈祷。

树木中寄宿着神灵，砍树相当于夺走了神灵的房子，所以砍树之前，一定要系上织带，向树木中的神灵表达感激之情。否则，就不能砍树。

四个人都用各自的话语完成了祈祷。

爸爸带着肃穆的心情，举起锯子对准了云杉根部。为了不让树木损伤，他必须操作得又稳又快。卢普迈泽共和国的男人全都像爸爸一样，砍树飞快娴熟。

云杉发出吱吱嘎嘎的声音，缓缓倒在了地上。随后，四人合力拖着云杉往家里走去。

大儿子今年十岁，二儿子八岁，最小的儿子七岁。爸爸和三个儿子加起来，正好六十岁。

回家路上，爸爸发现脚边有个核桃果。他四下望了望，周围并没有核桃果，可能已经有人拾过了。

爸爸灵机一动，决定停下来休息片刻，还给儿子们出了个谜题。

“如果要把这颗核桃分给你们兄弟三人，该怎么分才能让所有人都满意？”

其实这是卢普迈泽共和国自古流传的考验。爸爸小时候也听爷爷说过。

“按照年龄大小分。”二儿子回答，“大哥最大，所以分得最多。小弟最小，所以分得最少。我在中间，就不多不少。”

另外两个兄弟都想：的确有道理。不过，爸爸又继续问他们应该怎么分。

“所有人平均分！”最小的儿子活泼地回答。他的意思是，不管年龄和高矮，每人都分三分之一。

“这很公平。不过，此时最重要的应该是正义。”

爸爸用了一个有点复杂的词。然后，一直沉默的大儿子安静地开口了：“小弟还小，我要让他多吃点，然后分一小块给二弟。我是大哥，要忍着不吃。”

大哥以前回答过这个问题，但是忘记了自己的答案。

真不愧是疼爱弟弟的大哥。爸爸轻轻抚摩着大儿子的头，补充道：“你不用忍着。虽然你是大哥，但也想吃一点，对不对？不过啊，这就叫作正义。”

三个孩子用力点了点头。他们模模糊糊地理解了“公平”与“正义”的区别。正义啊，或许就是完成各自的职责。卢普迈泽共和国是个重视正义的国家。

四个人再次起身踏上回家的路。他们提醒彼此小心脚下，努力搬运着新砍下来的云杉。

爸爸走在前面，负责最沉重的根部。大哥为了照顾两个还没有什么力气的弟弟，也用尽了全力。

他们背上都沁出了汗水。

不过，如果抬头看着天空，用力深吸一口气，身体就会如同沐浴在清新的微风中，让人立刻有了精神。这是林中的精灵给他们带来的力量。

因为大家都遵守规定，卢普迈泽共和国仍拥有郁郁葱葱的森林。森林里沉睡着宝物，那些宝物是森林的恩惠，不仅仅属于人类，也是所有动物的财产，不能恣意破坏掠夺。

卢普迈泽共和国的森林纯净丰饶，空气清爽。只要踏足这里，大家都会忍不住闭上眼睛深呼吸。

生气的人会露出笑容，心事重重的人也会看到希望，吵架的夫妻走进森林就会想牵起彼此的手。

这里的大树小树、幼树老树、花草鸟兽，都不会将人拒之门外。因为卢普迈泽共和国的森林拥有广阔的心胸。

爸爸和三个儿子去找云杉时，妈妈用暖炉烤起了面包。她要做大家都喜欢的黑面包。

对卢普迈泽共和国的人民来说，黑面包是很特殊的食物。

他们前往遥远的外国时，也要在旅行袋里装上几个黑面包。吃黑面包就像在证明自己是卢普迈泽共和国的公民。对这个国家的人民来说，没有黑面包的人生无法想象。

玛丽卡的妈妈是制作面包的能手。

妈妈跟姥姥学会了做面包，姥姥跟她的姥姥学会了做面包。制作面包的技艺，随着揉面桶一代一代传了下来。

所以，卢普迈泽共和国的人民千百年来都吃着相同味道的面包，过着同样的生活。

黑面包正如其名，真的通体漆黑。但那不是烧焦的颜色，而是使用了黑麦面粉。这种面包乍一看很硬，其实里面又松又软，咬一口还能尝到淡淡的甘甜。

让人着迷的香甜来自葛缕子。卢普迈泽共和国的黑面包，最不可或缺的配料就是它。

妈妈刚才放进暖炉的黑面包面团是昨晚就做好的。当时，玛丽卡还在妈妈的肚子里。

不过，当时她在里面手舞足蹈，急着要出来了。所以每次玛丽卡一动，妈妈就停下手里的活，等玛丽卡安静下来，她就继续制作面包。

黑面包是这样做的：

把黑麦粉和葛缕子均匀混合，然后倒入开水，轻轻搅拌之后，要给面团盖上一层温暖的毛巾，免得它着凉感冒。接着，让面团休息一个晚上，然后，面包就能健康长大了。

做好面团后，妈妈很快就进了蒸房。卢普迈泽共和国的家庭大都会在院子里盖一座蒸房。那是木头做的小房子，中间摆着用来放热石头的大桶，大桶周围放着一圈椅子。

平时，人们会在热石头上洒水制造蒸汽，然后用白桦叶拍打身体，促进全身血液循环。

蒸房里不冷不热，温度刚刚好。因为爸爸事先为妈妈调好了温度，好让她安心生下孩子。另外，爸爸还在里面备好了一瓶井水和喝水用的杯子。

妈妈缓缓挪动身体，躺在铺着毛巾的长椅上。这是妈妈第四次生孩子，虽然已经有经验了，可是没有亲眼看到健康活泼的小婴儿，她还是放心不下。

时钟的指针已经指向十二点多了。月光透过小窗照进蒸房，不知何处传来了猫头鹰的啼叫。

又一波阵痛袭来。为了把肚子里的婴儿送到外面的世界，需要经历很痛很痛的过程，妈妈不得不咬紧牙关忍受那种痛苦。

妈妈忍不住叫了一声，全身汗流不止。人类也是动物，所以在生小孩的时候，妈妈会被激发出动物本能。

“加油啊！”妈妈对肚子里的玛丽卡说。

如果只有妈妈加油，或是只有婴儿加油都不行，必须要两人齐心协力，婴儿才能见到外面的世界。

跟爸爸结婚时，妈妈决心要生好多小孩，拥有一个热热闹闹的家庭。当然，现在她有三个孩子，已经非常幸福了。

不过，等到有了第四个孩子，她还会更幸福。

妈妈这样想着，使出了最后的力气。

动物一样的号叫传到了蒸房外面，可是现在顾不上这么多。因为玛丽卡正拼命努力着从妈妈的身体里出来。

呼——妈妈感到身子一轻，同时腿间传来了温热的触感。此时，天已经蒙蒙亮了。妈妈伸出双手，捧起那团轻轻软软的小身体，玛丽卡发出了第一声哭泣。

细细的哭声逐渐增强，变得越来越有力了。

就这样，面团发酵了一宿，妈妈也用一个晚上生下了玛丽卡。今天早晨，妈妈给刚降生的玛丽卡喂了奶，然后又开始制作黑面包。

刚生下孩子就起身劳动，妈妈多么勤奋啊。因为她生性坐不住，这也没办法。

妈妈一边哄玛丽卡，一边把面桶里的面渣加到面团里。这些面渣是面桶里一代又一代传承下来的东西，有了它，就能让面包变得更松软。

所以，面桶是一家人珍贵的宝贝。如果没有这个面桶，就烤不出好吃的面包。

加完面渣，就要把面团再次放到温暖的地方，让它舒舒服服地发酵。因为面团也像婴儿一样，需要精心照料。这样一来，面团就会高高兴兴地长成好吃的面包。

照顾面团时，妈妈还给玛丽卡唱摇篮曲。她有时也给面团唱摇篮曲，这就是妈妈制作面包的秘诀。妈妈做的面包这么好吃，说不定是摇篮曲的功劳。

面团一点点发酵，此时再加入一些面粉和盐用力揉，就做成了完美的面团。面团柔软又温和，就像婴儿一样。

“我们回来啦！”

爸爸一打开家门，就闻到了面包的甜香。每次闻到这个香气，爸爸都会想起自己小时候的场景。

每次出门回来，闻到家里充满面包的香气，他就感到格外满足。直到现在，这种感觉依旧不变。

玛丽卡躺在爷爷用柳条编织的婴儿床上，睡得正香。从今天开始，这就是玛丽卡的小床。

爷爷给玛丽卡掖好柳条床里的小被子，想起了过去的时光。这是玛丽卡的爸爸出生时，他亲手制作的婴儿床。

爸爸在这张床上度过了婴儿时期，爸爸的三个儿子，也在这张床上度过了婴儿时期。

奶奶坐在暖炉边上，专心致志地为玛丽卡缝制手套。

妈妈忙着烤面包。

爸爸把砍来的云杉安放在房子中央。

这下，爷爷也坐不住了。他要为玛丽卡制作以后吃饭用的木碗。

爷爷年轻时是个木匠，所以家里的大木箱、桌子、椅子、勺子和叉子，全都是爷爷亲手制作的。不过，最近爷爷已经不怎么做木工了。

爷爷拿起许久不用的木工刀具，眼中闪着兴奋的光芒。

三个哥哥在旁边装饰起了从森林里砍回来的云杉。哥哥们为了哄玛丽卡高兴，用细线穿起麦穗，做了许多小小的装饰物，将它们悬挂在云杉枝头。

那是一个心地善良的少年发起的行动。

一次，有人砍倒了一棵云杉，准备拿回家当木柴烧。

心地善良的少年觉得云杉很可怜，就把自己最喜欢的玩具挂在了树枝上。砍倒云杉的人见此情景，决定不用它当木柴了，还找了别的装饰物挂在上面。就这样，装饰圣诞树的传统诞生了。

哥哥们为了可爱的妹妹，一心想装饰出最美丽的圣诞树。

最后，他们在枝头挂上了八根蜡烛，代表他们一家八口人。

好了，中午饭已经准备好，黑面包也新鲜出炉。

餐桌上摆满了美味。不过现在是冬天，所以没有新鲜鱼类、蔬菜和水果。

尽管如此，妈妈为了庆祝玛丽卡的诞生，还是用家里现有的东西精心制作了一桌饭菜。有暖洋洋的红豌豆沙拉，羊奶和小麦粉制作的面团汤，还有山羊奶酪、猪油和烟熏狗鱼。

其中最诱人的，当然是新鲜出炉的面包。

妈妈为了祈祷玛丽卡有个精彩的人生，在黑面包表面点缀了拉伊玛的花纹。拉伊玛是掌管命运的女神，能够给人们带来幸运。这些花纹都是用白面制作的。

妈妈希望玛丽卡能够健康长寿，幸福快乐。

这是全家人的祝福。

从最小的哥哥开始，每人撕下一块黑面包。

吃下一口面包，大家都像中了魔法一样，露出陶醉的表情。

妈妈烤的面包怎么吃都不会腻，真不愧是制作黑面包的大师。

一家人和和睦睦地吃着黑面包，最小的哥哥突然站起来，拿着一小块黑面包走向柳条小床。小哥哥把面包拿到了玛丽卡鼻子底下。虽然玛丽卡还不能吃面包，但他想让妹妹闻闻面包的香气。

闻到香气的瞬间，玛丽卡圆圆的脸蛋鼓了起来，仿佛露出了微笑。看着那个表情，妈妈说：

“玛丽卡将来一定是个好吃鬼。”

听了妈妈的话，一家人都笑了起来。

餐桌就是神明的掌心，面包是掌心里的美味。分食一个面包，就是家庭和睦的象征。面包能让家人变得更亲密。

第二章　欢庆的酒

拇指手套

一家人正在悠闲地享用午饭，听到消息的邻居夫妇已经赶来看玛丽卡了。

“恭喜你们！”

邻居笑容满面地向爸爸递来一朵花。

那是一朵山茶花。在这个时节，邻居从哪儿找来了如此娇艳美丽的花儿？卢普迈泽共和国有个习俗，无论是高兴还是悲伤，都要送花表达自己的心意。

妈妈立即把山茶花装饰在花瓶里。灰色的背景里顿时增添了一抹鲜艳的色彩。

既然如此，就该让什马科夫卡登场了。

外国人可能会管它叫酒，不过对卢普迈泽共和国的人民来说，什马科夫卡可是一种药。它的酒精浓度很高，是喝下去就会让人有微醺感觉的药酒。

“干杯！”

奶奶先一口干掉了什马科夫卡。奶奶最喜欢这种药酒，她的酒量比家里任何人都强。

人们在玻璃杯里倒满药酒，一口喝干后传给下一个人，如此转上三圈。

有时候不止三圈，酒杯会不停地轮转下去。

大约一个月前，卢普迈泽共和国诞生时，情况就是这样。人们纵情欢笑，载歌载舞，捧着花束庆祝国家的成立。

今天，三个哥哥也都舔了一口什马科夫卡。因为这药酒的酒精浓度太高，他们无法像奶奶那样一饮而尽。仅仅舔上一口，嗓子就像着了火一样。

妈妈只喝了一杯什马科夫卡，接着就到厨房拿出了珍藏的香肠。

在卢普迈泽共和国，每个家庭都会用最上等的食物招待客人。这就是这个国家的待客之道。

妈妈用木签穿起香肠，放在暖炉的火上烤着，就像让香肠从漫长的沉睡中醒来一样，不时给它翻个面，慢慢将其烤熟。

屋子里立刻充满了让人馋得流口水的香味。爸爸和爷爷实在忍不住，又干了一杯啤酒。

ŠMAKAVCEN
DEL PUŠYS

“干杯！”

大家的心情更愉快了。

刚刚出生几个小时的玛丽卡也感受到了欢乐的气氛，高兴地挥舞着小小的手脚。

所有人轮流走到柳条床前，看着玛丽卡的小脸。

玛丽卡的脸蛋就像面团一样松软。

她长着又浓又密的睫毛，好似石竹花的花瓣。

她的小嘴像成熟的越橘一般红嫩，牛奶色的肌肤光滑通透。

光是看着玛丽卡，大家就觉得无比幸福。甚至有的人幸福得忍不住想流泪。

随后，大家又一次聚集到餐桌旁，吃最后一道点心。

那天的点心是糖煮栗子，妈妈在上面抹了厚厚的生奶油，看起来宛如下过初雪的早晨。雪白的生奶油像棉花帽子一样，覆盖在焦糖色的栗子上。

在冬天里，这是一顿多么丰盛的大餐啊。如此丰盛的大餐，平时很难吃到。

就连声称已经吃饱的人，也瞬间吃掉了属于自己的那份点心。接着，大家又分享了热乎乎的艾草茶。

今天是一家人的特殊日子，因为他们又迎来了新的家人。而且，还是期待已久的女孩子！

当所有人喝完茶时，太阳已经做好了睡觉的准备。卢普迈泽共和国位于非常靠北的位置，这个季节的白天格外短暂。

即使在白天，太阳也只会懒懒地在大地上投下模糊的光芒，接着便不知不觉睡过去了，甚至不留下一句精神饱满的“明天见”。

不过，如果你觉得玛丽卡的生日就此结束，那就大错特错了。应该说，高潮正要开始。

因为卢普迈泽共和国的人民最爱唱歌跳舞。其他国家的人可能不会相信，比起吃饭和躺在床上做梦，他们更钟爱歌声和舞蹈。不过，这是真的。优美的音乐是心灵食粮，是人生最大的享受。

玛丽卡的家人也不例外。

不知谁先站起来了，一家人很快就围到了柳条床边。他们即将载歌载舞庆祝玛丽卡的诞生。

三个哥哥负责演奏。

大哥敲鼓，二哥拉手风琴，最小的哥哥弹奏木琴。

其实，他们为了这天，已经悄悄练习了很久。所以，三兄弟的演奏十分合拍。

他们演奏了庆祝玛丽卡诞生的歌谣。这是卢普迈泽共和国自古流传的歌谣，无论是谁都能跟着唱起来。

一家人在三兄弟的伴奏中大声唱起了歌。他们边唱边跳，有节奏地踏着脚步，要把歌声传遍全世界，不筋疲力尽不罢休。

女人的裙子不停地飞舞，就像房间里开出了一片花田。

他们唱啊、跳啊，唱啊、跳啊。

所有人都敞开心扉，露出美丽的笑容，用整个身体表达生命诞生的喜悦。

在卢普迈泽共和国，没有悲伤的歌谣。

就算是悲伤的内容，人们也要欢笑着歌唱。这就是卢普迈泽共和国的精神。

夜幕已经降临，家里却无比热闹，就像弄错了季节的夏至庆典。这证明，玛丽卡的诞生是一件多么美好的事情。

幸福的时间一直持续到太阳完全落山。

玛丽卡真是生在了一个好时代。

所有人都为她设想了充满希望的未来，并对此坚信不疑。

晚上，爸爸点亮了圣诞树上的蜡烛。黛青色的寂静夜色里，亮起了八盏明灯。其中一盏，就是今天早晨刚刚降生的玛丽卡的光芒。

圣诞树上除了三个哥哥制作的装饰，还挂着奶奶做的小小手套。

窗外，雪花开始飘舞。

玛丽卡，生日快乐！

欢迎来到我们这个精彩的世界！

雪花从高远的天空静悄悄地飘落，带着它们的祝福。

玛丽卡顺利长大了。

她没有得过大病，也几乎不感冒。吃黑面包也能吃得跟哥哥们一样多了。

玛丽卡学会走路后，三个哥哥就带她去了好多地方。森林、河川、原野，玩耍过的地方数不胜数。

玛丽卡最喜欢跟哥哥们一起玩。

他们在原野上追逐打闹，在河里游泳，到林中探险。所以，玛丽卡的一天总是很快就过去了。

就算寒冷下雪的日子，玛丽卡也喜欢在外面玩。有时滑雪橇，有时堆雪人。最快乐的时光，就是在冻结的河上溜冰。

一到冬天，河水就会冻得像大理石一样坚硬。无论玛丽卡跳

mk.

得多高，甚至兄妹四人一块儿跳绳，冰层都不会开裂。

所以，即使冬天玛丽卡也会在冰冷的积雪里玩耍。

肚子饿了，她就在白白的雪上浇蜂蜜吃。吃完了，她又在雪原上欢快地奔跑。

这种时候，玛丽卡的手上一定会戴着奶奶亲手缝制的连指手套。随着玛丽卡越长越大，奶奶每年都会给她做正好合适的手套。

奶奶做的手套很厚实，不论玩多久的雪，都不会冻到玛丽卡的手指。就算让树枝刮了一个大洞，奶奶也会马上给她补好。对奶奶来说，补手套也是一种快乐。快乐当然是越多越好。

不过，卢普迈泽共和国有一个重要的规定。

孩子们到了十二岁，就必须接受考试。

考试是为了检验他们是否掌握了生活的必备技能。男孩子有男孩子的考试，女孩子有女孩子的考试。

例如，男孩子最重要的技能是制作盘子、编织筐子、熟练地敲钉子。女孩子最重要的技能是纺纱、刺绣、做花边和织手套。

总之，如果不通过这项考试，就无法在卢普迈泽共和国独立生活。这个国家的人民就是这样传承着自古以来的手工技艺。

所以，每个家庭的爸爸妈妈都要教会儿女这些技艺，让他们能够独立生活。在学校，老师也会教这些课程。

玛丽卡的哥哥们都跟爸爸和爷爷学习手工技艺。

大哥会编特别结实的草鞋，二哥最擅长敲钉子，三哥已经学会制作漂亮的木盘。

通过考试后，男孩子就能得到短剑和皮带，证明自己成了独当一面的男子汉。

玛丽卡也要开始学习手工技艺了。

奶奶经常让玛丽卡坐在膝头，看着她编织物品。她很期待玛丽卡对此产生兴趣。

可是玛丽卡一直着迷于外面的世界，对手工艺一点都不感兴趣。玛丽卡很喜欢万物生灵，她喜欢在林子里追逐野兔和松鼠，在小河里捕鱼。连大多数人都讨厌的蛇，对玛丽卡来说也是绝佳的玩伴。

然而，如果玛丽卡一直着迷于在外面玩，就无法通过考试。如果考试不及格，她就无法在卢普迈泽共和国生活。

老实说，玛丽卡既不喜欢缝补，也不喜欢编织。她一点都不想自己织手套。

她更喜欢在外面欢快地四处奔跑，这样她会感到更幸福。所以，她才没有时间织手套。

m. hirasawa

就这样，玛丽卡长到了十岁。

大哥已经二十岁了，二哥十八岁，三哥也已经十七岁，他们都长成了大人。

大哥结了婚，娶回一位新娘子。新娘子带着她自己织的一大箱手套嫁到了玛丽卡家。

塞满大箱子的手套共有三百双，而且没有一双是重样的。那些手套图案各不相同，将要在婚礼上赠送给亲朋好友。

玛丽卡也得到了新娘子赠送的手套。那是一双黑色手套，嵌入了红色、白色、绿色和蓝色的花纹，戴起来像个小大人。各种颜色组成了冷杉叶、太阳神绍莱斯还有双重玛拉十字架的花纹。

十字架是祈祷幸福的花纹，双重交叠在一起，能够使幸福的力量更强大。每天戴在手上，就能得到大地女神玛拉的祝福，保佑家庭幸福。

玛丽卡每次戴上这副手套，都能感觉到新娘子的心意和祝福。手套就像守护一个人的护身符。

卢普迈泽共和国有许多看不见的神明，每一位神明都有自己独特的花纹。

比如带来天空恩泽的雷神乌贡斯，他的标志是“卐”；象征永恒生命的太阳女神绍莱斯，她的标志是“❀”；象征丰饶和繁荣的丰收之神尤弥斯，他头上垂着两根麦穗；守护母亲和孩子的大地女神玛拉，她的花纹是波浪。这些花纹不仅能织成手套，还能用在平时穿的衣服、使用的毛巾和器皿上。

这个国家还有许多精灵，所以人们看不见的世界也热闹非凡。精灵们的工作，应该是帮助神明完成各种具体的事情。就算眼睛看不见，人们还是被神明和精灵默默守护着。

大嫂的肚子渐渐变大了，很快，她就要生下小婴儿。

玛丽卡很期待大嫂肚子里的婴儿。因为二哥结婚离开了家，三哥学习成绩优秀，很快就要到首都上大学了。兄妹四人再也无法一起到原野上奔跑嬉戏。

所以，玛丽卡很期待自己有一个玩伴，希望大嫂生下一个男孩子。

然而，玛丽卡的祈祷没有实现。大嫂生下了女孩子，而且是双胞胎。

玛丽卡想要一个男孩子当玩伴，因为挥舞着宝剑玩骑士团游戏时，男孩子不会被吓得哭出来。

玛丽卡也有一只爷爷给她做的漂亮衣箱。

m. hirasawa

玛丽卡五岁时，爷爷去世了，所以她对爷爷几乎没有记忆。可是每次看到衣箱，玛丽卡就觉得自己想起了爷爷，心里十分怀念。

女孩子到了一定年龄，家里的妈妈、奶奶和姐姐们都会帮她织手套。如果不把手套装满整个衣箱，女孩子就无法出嫁。

而且，就算织了整整一箱手套，因为参加婚礼的人太多，也会转眼就一扫而空。

玛丽卡的大嫂就是这样。所以，不论织多少手套，都绝不嫌多。要是婚礼进行到一半，手套不够了……那该多丢人呀。

玛丽卡的衣箱里也有手套。其中一大半是奶奶给她织的。妈妈偶尔也会给她织手套。可是，妈妈平时很忙碌，没有时间织手套。

大嫂虽然很擅长织手套，可是现在她整天忙着照顾双胞胎婴儿，一点都顾不上给玛丽卡织手套。

唯有此时，玛丽卡希望自己有个姐姐。如果玛丽卡有三个姐姐，一定会帮她织好多手套。

但是，如果玛丽卡只有姐姐，就没有人陪她在原野上奔跑，在河川里嬉戏了。人生很难事事如意。

奶奶耐心地教玛丽卡学习编织。一下就织手套太难了，她就教玛丽卡先用一根针缝围巾。用同样的方法还能缝帽子和袜子。

可是，玛丽卡总是坚持不下去，到最后一样东西都没完成，全都半途而废了。

所以，玛丽卡在学校的手工课上，总是最后一名。

虽说如此，她也不能考不及格。因为若是不及格，就无法在这里生活下去。玛丽卡很喜欢卢普迈泽共和国，并且希望自己长大以后也能一直生活在这个国家。所以，玛丽卡拼尽了全力。

考试为期五天。

第一天考纺纱，要用捻车把羊毛捻成毛线。

玛丽卡从小就比较擅长纺纱。可能因为这个工作不需要动脑子，做起来很轻松。对玛丽卡来说，这是一个好开端。

可是到了第二天，她就要面对难关了。因为她要织手套了。而且，必须在一天之内织出左、右两只手套。

织手套必须又快又好，这对玛丽卡来说，难度实在太大了。

奶奶织手套时，会露出玛丽卡在原野上快乐奔跑时的神情。但是对玛丽卡来说，织手套就像做艰深的数学题。她要灵活操作五根毛衣针，还要一直数数字，忙得晕头转向。她一直眉头深锁，完全放松不下来。

玛丽卡赶在考试结束前，好不容易织好了一双手套。但是，她还要完成接下来的考试。

第三天要在亚麻制成的手帕上刺绣和做花边。亚麻是一种强韧的纤维，做出来的布料也特别结实，可以用上一辈子。

玛丽卡必须在手帕上绣自己名字的首字母“M”。如果是“I”或者“J”，那该多简单呀……玛丽卡暗自羡慕叫那些名字的人。不过，玛丽卡已经听惯了自己的名字，无法想象自己用别的名字生活。所以她安慰自己，幸亏首字母不是“G”或者“Q”。

第四天，她要用四根线制作卡式织带。所谓卡式织带，就是用一张开了四个洞的方形卡片辅助编织。

玛丽卡出生那天，爸爸和三个哥哥到林子里去砍云杉，砍树之前系在树干上的织带，就是卡式织带。

她要把线穿过方形卡片的四个小洞，然后不时转动卡片，改变方向，这样就能织出带有花朵、树叶、月亮和星星图案的带子。这种编织不需要用到很特殊的工具，不会占用过多的时间，因此很受小女孩的欢迎。

玛丽卡经常看妈妈做这个，所以多少了解卡式编织的方法。因此，这也跟纺纱一样，是玛丽卡可以轻松完成的工作。

然而，最后一天的考试，她又要面临仅次于织手套的难题。

这天不考动手能力，而是考动脑子。她会拿到一条旧毯子，然后要说出毯子的制作者是谁。

毛毯上会有各种信息，讲述了那个家庭的历史。

比如一个家族繁衍了多长时间，家族成员来自何处，从事过什么工作。玛丽卡需要完成的，就是解读毛毯，说出它的背景。

她必须成功通过这为期五天的考验。

所有考试结束后，玛丽卡第一次病倒了。因为她用脑过度，发起了高烧。

玛丽卡躺在床上，悄悄哭泣。

她觉得自己能在纺纱和卡式织带上拿到及格的分数，然而她做的手套实在太蹩脚了。她还知道，自己的刺绣和花边也做得很差。

最后一天动脑子的考试，她始终都在发蒙。她对自己一点信心都没有。

如果考试不及格，她就无法成为卢普迈泽共和国的成员，换句话说，就是无法在这里生活下去。

所以，玛丽卡很不愿意面对几天后的考试结果。她甚至已经做好了收拾行李离开家的准备。

玛丽卡平时很少感到意气消沉，唯独此刻，心里就像坠着一块大石头，让她坐立难安。

一想到她不得不离开家在外面流浪，玛丽卡就害怕得偷偷掉眼泪。光是跟家人分开，她就觉得痛苦万分。

可是，为了让大家都能快乐富足地生活，有时国家必须要严格一些。因为人们只有完成了自己的工作，才能获得幸福和快乐。

卢普迈泽共和国之所以保留着丰富的森林资源，是因为每个人都遵守圣诞树“每家一棵”的规定。如果每个人都随便砍树，森林就会渐渐枯竭，最后影响所有人的生活。

一周过后，考试结果公布了。

那是玛丽卡意料之外的结果。

虽然后面跟着“候补”的条件，但她勉强算是及格了。

总是吊车尾的玛丽卡竟然及格了，这真是个奇迹。没错，玛丽卡只要努力也能成功。她考试之前的几天，的确用心努力过了。

玛丽卡自己对这个结果最为惊讶。她实在太惊讶，甚至忘记了高兴。

她久违地用尽全力奔跑。从学校跑回了家，大声告诉家人自己考试及格的消息。

奶奶听到这个消息，拿出了很久没喝过的什马科夫卡。奶奶实在太担心玛丽卡的将来，好几天都睡不着觉。

可能因为悬着的心总算放了下来，奶奶喝完第二杯已是满脸通红。尽管如此，她还是高兴地一仰脖喝下了第三杯。

玛丽卡也稍微尝了尝什马科夫卡的味道。她太高兴了，像小兔子一样蹦蹦跳跳，完全变回了活泼调皮的玛丽卡。

考试及格后，女孩子会得到一个布做的花冠。那是很特别的花冠，一辈子只戴一次。

玛丽卡也得到了她的花冠。从今以后，她就是个大人了。玛丽卡心中充满了自豪。

可是请想一想，不情不愿做出来的手套，怎么会漂亮呢?

考试及格后，玛丽卡再也不织手套了。因为她已经找到比织手套更快乐的事情。

那就是跳舞。

她加入了学校的舞蹈俱乐部，整天快乐地跳着舞。

就连躺在床上睡觉时，玛丽卡也会在梦中手舞足蹈，翩翩起舞。

玛丽卡爱上了舞蹈。

舞蹈让玛丽卡的世界充满了鲜艳的色彩。

第三章　初恋的花茶

拇指手套

那是某一年的盛夏。

玛丽卡心中痛苦不堪。她好痛苦，好痛苦，甚至无法好好呼吸，连最爱的黑面包都变得难以下咽。

家人和她说话，她也显得心不在焉，就像变了个人。有时，她会呆呆地站在镜前，盯着自己的脸看上整整一两个小时，还总是毫无征兆地露出微笑……

玛丽卡十五岁了。她有小麦色的金发和湛蓝的眸子，跟妈妈年轻时一模一样。玛丽卡是远近闻名的小美女。

玛丽卡是家里唯一的女儿，是爸爸的心头肉。只要玛丽卡有一点不舒服，爸爸就会担惊受怕。因此，爸爸很担心玛丽卡，想带她去医院看看。

可是，妈妈阻止了爸爸。不仅妈妈，玛丽卡的大嫂和奶奶，心里都有数了。

玛丽卡恋爱了。对象是跟她在舞蹈俱乐部配对的雅尼斯。他比玛丽卡大一岁。玛丽卡的痛苦，是相思之苦。

但是，玛丽卡自己一开始也不知道，为何会是雅尼斯。雅尼斯是个安静的青年，与活泼的玛丽卡正好相反。他们几乎没说过话。

但是不知不觉，玛丽卡就喜欢上了雅尼斯。不，她一开始甚至不确定那究竟是不是“喜欢”。因为这可是她头一次恋爱呀。

每次玛丽卡跟雅尼斯跳舞，就会感到胸口快要炸开了。她很害羞，害羞得头都不敢抬，还会莫名其妙地噙着泪水。

只要跟雅尼斯配对，平时能歌善舞的玛丽卡就会突然迈不开步子，经常踩到雅尼斯的脚背，或是自己绊倒自己。

不过，雅尼斯从不责怪她，也从不笑话她。他会伸手接住摇摇欲坠的玛丽卡，然后若无其事地继续跳舞。

雅尼斯的舞姿毫不夸张，但是优雅、得宜。他跳起舞来，就像在对微风、阳光和白云献上安静的祈祷，余韵悠长。玛丽卡跟雅尼斯在一起跳舞，感到很幸福。

入秋之后，玛丽卡做了个很重要的决定——她要为雅尼斯织手套。

因为她太害羞了，不敢直接表白。卢普迈泽共和国的人民都会把心意融入手套中，代替语言传达给对方。

手套就像一封没有字的书信。

“喜欢”这种心情，也可以用手套的颜色和花纹，而非文字和声音来表达。而且，那将是全世界独一无二的“喜欢”。

玛丽卡想象着适合雅尼斯的颜色，选择了毛线的颜色。

她选中了美丽的夜之蓝、灿烂的日之黄，还有雪的纯白，森林的碧绿。这就是玛丽卡心目中属于雅尼斯的色彩。

然而，玛丽卡还是个新手，不会编织复杂的花纹。她也只能在脑中想象雅尼斯双手的大小。

男女配对跳舞时，应该紧紧牵着彼此的手。可是玛丽卡实在太害羞，只敢轻轻触碰雅尼斯的手指。她必须仅凭这个记忆，为雅尼斯织出一双手套。

玛丽卡反复打量着自己的掌心，回忆雅尼斯留在上面的温度。这是为了想象雅尼斯的手掌大小和手指粗细。

玛丽卡在奶奶的指导下，亲手织起了手套。她很后悔，自己以前为什么不好好学习呢？如果她上课认真听了，就能轻松织好一双手套。但是现在对玛丽卡来说，织手套实在太难了，她不得不经常跑去向奶奶讨教。

不过，奶奶温柔地回答了玛丽卡的每一个问题。

自从爷爷离家远游（卢普迈泽共和国用这个说法来代替死亡），奶奶心里一直有一个空洞。

而且，奶奶的眼神越来越不好，已经很长时间没有编织东西了。不过，她看到玛丽卡努力编织的模样，自己也想拿起久违的毛衣针了。

奶奶和玛丽卡并排坐在暖炉旁，各自织着手套。她们不时说上两句话，然后继续编织手套。

一次，玛丽卡问奶奶：

“奶奶，您什么时候开始织手套的？”

“这个嘛……”奶奶抬起头，看向远方，“大概五岁的时候吧。”

“五岁？”

玛丽卡惊讶得瞪大了眼睛。

“您这么小就开始织手套了？”

因为玛丽卡五岁的时候，正忙着跟三个哥哥一起，在森林和原野上打滚嬉戏。

“那奶奶一共织了多少手套？”玛丽卡又追问道。

奶奶收回看向远处的目光，像叹息一般说：“织手套就像一日三餐一样，已经成了奶奶生活的一部分，所以你问我织了

M. Hirasawa

多少，我也回答不上来。因为我从来没有数过。织完一双，又织另一双，我心里只有手上正在织的手套。我想，那数量一定跟星星一样多吧。”

奶奶说完，又舞动着毛衣针，织起了手套。

奶奶织手套的速度是玛丽卡的好几倍。她的手一定已经学会自己行动了。看着奶奶织手套的样子，玛丽卡着了迷。

奶奶的指尖就像机器一样，没有任何多余的动作。织好的手套紧实细密，手指部分的花纹也对得整整齐齐——这是一双手套好看的关键。

与之相比，玛丽卡的手套怎么都算不上好看。她还顾不上思考怎么对齐手指的花纹。尽管如此，玛丽卡还是全心全意地编织着自己的手套。

这可是玛丽卡送给雅尼斯的手套。光是想象雅尼斯戴上她亲手编织的手套，玛丽卡就要高兴疯了。

玛丽卡花了一个多月，终于织好了一双手套。

她选择了启明星之神奥赛克里斯的花纹。

由八点连线组成的启明星会除去夜的黑暗，引导新的黎明。

它的光芒拥有击退邪恶的力量。玛丽卡把守护雅尼斯的重任，寄托在了奥赛克里斯身上。

玛丽卡决定在秋分节那天，把手套送给雅尼斯。

凉爽的清风已经带来了秋天的气息，所以，她希望尽早温暖雅尼斯的双手。

但是，玛丽卡不好意思当面交给他，便拜托舞蹈俱乐部的朋友把手套转交给了雅尼斯。

她的朋友告诉雅尼斯，那是玛丽卡为他织的手套，是玛丽卡有生以来头一次为别人织手套。

后来，她就有点喜欢上织手套了。

那是在建国十五周年的庆典仪式上，玛丽卡突然感到一阵兴奋。

因为她看到了一双眼熟的手套。而且戴着手套的人，正是雅尼斯！玛丽卡又高兴又惊讶，差点发出了怪叫。接着，愉快的情绪渐渐在她胸口扩散开来。

雅尼斯戴上了玛丽卡织的手套，这证明，他接受了玛丽卡的心意。

那时，卢普迈泽共和国还没有表达“yes”的单词。人们都用手套来传达心意。

后来，玛丽卡和雅尼斯就经常在林中约会。他们会在林中一处静谧的场所，坐在树桩上一起度过好几个小时。藤蔓植物和枯朽的树干在那里形成了一个小小的洞窟，他们称那个地方为“林中礼拜堂”。

“明天在林中礼拜堂见。”

这就是只有他们才明白的约会暗语。

玛丽卡和雅尼斯会面对面坐在林中礼拜堂的树桩上。

雅尼斯沉默寡言，总是静静倾听玛丽卡的话，因为他更喜欢听别人说话。雅尼斯那么懂得倾听，玛丽卡就更想跟他说话了。

玛丽卡对他说了好多家人的事情。雅尼斯最喜欢听她讲他们兄妹四人的故事。

玛丽卡能把那些故事说得津津有味。

“有一次，我们兄妹四人坐在木筏上漂流，哥哥们负责伴奏，我负责唱歌。可是漂到一半，天空突然乌云密布，下起了大雨。

“我们全身都湿透了。

“不过啊，我还是坐在木筏上，淋着大雨唱着歌。

“真是太痛快了！”

即使是一点小事，玛丽卡也能说得精彩纷呈，让雅尼斯眼中闪出兴奋的光彩。

雅尼斯是家中独子，没有兄弟姐妹。所以，他特别喜欢听玛丽卡讲小时候的故事。

作为回礼，雅尼斯每次约会，都会送她花种。

“闭上眼睛。”

雅尼斯说着，把花种放在玛丽卡的手心里。每次都只有一粒种子。

那是雅尼斯自己种的花结出的种子。他每次都会挑选玛丽卡可能会喜欢的花。

如果雅尼斯不那么害羞，就会直接送花给玛丽卡。因为卢普迈泽共和国的人民经常互相赠送鲜花。

谢谢、对不起、欢迎回来、祝贺你。

无论多么微小的心意，只要融入鲜花里，就能传达给对方。这里还有个规矩，道别的花必须是偶数，其他则是单数。

不过，雅尼斯实在太害羞了，不好意思拿着鲜花出门。于是他就想了一个主意，把花种握在手心里，或是放在口袋里，送给玛丽卡。

“这颗种子会开出什么花？”

玛丽卡缓缓睁开眼睛，注视着手心里那颗小小的种子。雅尼斯每次都不会告诉她答案，只会咧嘴一笑，像是要给玛丽卡一个惊喜。

m. Hirasawa

玛丽卡会紧紧握住手心里的种子走回家去，然后细细打量那颗种子。

这么小的种子竟能开出美丽的花朵，真是个奇迹。一想到这里，玛丽卡就觉得这颗又小又黑的种子看起来无比可爱，同时又觉得这颗种子是个伟大的存在。

玛丽卡每次拿到雅尼斯送的花种，都会把种子装进瓶里。慢慢地，种子越攒越多。

玛丽卡也越来越喜欢雅尼斯了。她想了解他，想跟他待在一起。因为仅仅跟他在一起，玛丽卡就会感到内心的充盈。她头一次对一个人产生这种感觉。

雅尼斯也一样。

仅仅跟玛丽卡待在一起，雅尼斯就觉得自己是个特别的存在。他以前从未有过这种感觉。

两个人的关系越来越亲密。可随着季节更迭，太阳西沉的脚步也越来越匆忙。白天一天比一天短，黑夜一天比一天长。冬天，下午四点过后，太阳就下山了。

两人必须在天黑之前离开森林回家。他们能见面相处的时间，越来越短暂了。

再过一段时间就会开始下雪，他们也就无法在森林里约会了。因为雪会掩盖林中的道路，而且待在户外会特别冷，无论穿多少衣服，都很容易感冒。

冬季，给两人带来了重大的考验。

见不到雅尼斯的日子，玛丽卡就待在家里织手套。她身边总会放着一杯热腾腾的菩提花茶。

菩提树是守护女性的树，所以每家每户都会栽种。这种树的叶片呈心形，站在树下抬头看，叶片就像宇宙似的向四周扩散开来。所以，菩提树是一种富有包容力的美丽的树木。

到了初夏，菩提树就会开出许多散发着幽香，颜色宛如太阳的小花。把那些花摘下来晾干，再泡成花茶，就会散发出甘甜的香气。若是感冒咳嗽了，喝这种茶能够缓解症状。

窗外是一片美丽的雪景，但是喝一口花茶，初夏的气息就会在体内扩散，带着玛丽卡回到与雅尼斯初识的那段时间，好像命中注定一般。

虽然只过去了几个月，认识雅尼斯之前和之后，玛丽卡的人生好像变得完全不一样了。现在，玛丽卡已经无法想象未与雅尼斯相识的人生。

渐渐地，衣箱里多了一些玛丽卡亲手编织的手套。可是那些手套与奶奶的手套相比，可谓天差地别。玛丽卡真想马上就能拥有跟奶奶一样的好手艺。

奶奶织的手套厚实精致，戴在手上不会漏风。但是玛丽卡织的手套还会呼呼灌风。有时候何止灌风，整个指尖都会戳出来。

不过，没有人一开始就技艺精湛，任何事都要反复练习，一点点掌握。玛丽卡的奶奶也不例外，她以前也织过呼呼灌风的手套。

织手套累了，玛丽卡就会走进厨房，向母亲请教如何制作黑面包。不仅是黑面包，玛丽卡还会待在厨房，学习各种料理和点心的制作方法。

以前，玛丽卡只负责吃妈妈做的饭菜。妈妈是村里最棒的厨娘，会做各种玛丽卡爱吃的东西。

可是玛丽卡从来不知道，制作那些美味竟是如此复杂。这时，玛丽卡才意识到，妈妈是个多么伟大的人。

只要一个人待着，玛丽卡就会忍不住想念雅尼斯，所以她都尽量跟家人一起坐在客厅里。为了排解见不到雅尼斯的寂寞，玛丽卡会教双胞胎侄女唱歌跳舞。

只要沉浸在热闹的欢笑中，她就能暂时忘记雅尼斯。

对玛丽卡来说，那是一个无比漫长的冬天，但那也是一个快乐的冬天。

玛丽卡在这个冬天，长到了十六岁。

然后，春天来了。

仅仅听到“春天”这个字眼，玛丽卡就会高兴得蹦蹦跳跳。

森林里的积雪正在一点点融化，河上厚重的冰层底下又一次响起了潺潺的流水声。

大地从漫长的冬眠中苏醒。世上还有比这更叫人快乐的事情吗?

鸟儿们唱起了春天的歌谣，那也是恋爱的歌谣。

植物们都睡眼惺忪地探出了头。

人们张开双臂，迎接温暖而耀眼的阳光。

玛丽卡和雅尼斯又能见面了。玛丽卡感觉自己好像轻飘飘的,似乎要离开地面向上飞起,她就这样一蹦一跳地朝林中走去。

春天的森林真舒服啊!

脚下的土地就像刚出炉的戚风蛋糕那样柔软，还残留着一些白雪的气息。空气中又多出了一丝撒娇似的甘甜花香。

两人坐在刚刚迎来春天的林中礼拜堂中，静静地依偎着。

原来雅尼斯去年坐的树桩上，又长出了新的根芽。所谓根芽，就是从植物根部长出的细芽。即使被锯断的树桩，仍然充满了生机。

雅尼斯担心碰断根芽，就想另找一个树桩。可是迟迟找不到合适的，正在为难之时——

“到这里坐吧。”

玛丽卡说着，让出了半个树桩。其实雅尼斯也想这样，只是他太害羞了，一直不敢开口。

或许，正因为雅尼斯太害羞了，礼拜堂的树木才齐心协力，促使他们两人坐在了一起。

雅尼斯心情愉悦，脱掉了鞋子和袜子，光脚踩在地面上。玛丽卡也学着他，脱掉了自己的鞋袜。

脚下的土地又松又软，还像人的肌肤一样带着温暖，触感宛如天鹅绒。透过还没有长出叶子的枝丫，灿烂的阳光倾洒下来，就像神明从天空洒下了甜蜜的甘露。

玛丽卡感觉自己又回到了童年。不过，跟她在一起的不是三个哥哥，而是恋人雅尼斯。

雅尼斯还是不怎么说话，但他也会一点点分享自己的生活。

“你毕业后打算怎么办？”有一次，玛丽卡问雅尼斯。

雅尼斯马上回答：“我想养蜂。”

玛丽卡闻言，更喜欢雅尼斯了。

玛丽卡最喜欢的食物就是蜂蜜了。她当然也喜欢黑面包，不过最美味的食物，莫过于在黑面包上涂满金黄的蜂蜜。

玛丽卡很想多听听雅尼斯的声音，就轻轻把耳朵靠在雅尼斯的背上。雅尼斯的声音和心跳如此悦耳，就像优美的音乐，也像潺潺的流水声。

仅仅依偎着雅尼斯，玛丽卡就感到心满意足了。

因为她知道，沉默也是一种优美的音乐。她无须再努力讲述自己的故事。经过漫长的冬天，玛丽卡长大了一些。

倾听着雅尼斯心脏的跳动，玛丽卡坚信，雅尼斯一定能成为优秀的养蜂人。

终于，他们迎来了夏至节。

夏至节是一年中最重要的节日，时间是每年的六月二十三日。

这天，全国无论是大人还是孩子，都雀跃不已。男女老少都要穿上美丽的民族服装，为太阳神献上祝福。这天，是一年中白昼时间最长的日子。

女人头戴花冠，男人头戴柏叶冠。头冠象征着太阳，一切圆形的物品都象征着吉祥如意。

妈妈采集院子里的花草，为全家人制作头冠。她做了好多好多，送给从远方归来的亲戚和旅人。

平时，已婚女性都会戴帽子，唯有在夏至节这天可以戴上花冠，所以她们需要许多花冠。

玛丽卡也帮忙采集了花草。

玛格丽特菊、鬼灯檠、欧丁香、野草莓花。

院子里和原野上开满了五颜六色的花朵。卢普迈泽共和国是个开满了鲜花的国度，怎么摘也摘不完。鲜花会不断盛开，装点得大地一片欢腾。

晚上九点，人们点起了篝火。

家人、亲戚和朋友围在熊熊燃烧的火焰旁，又唱又跳。他们在感谢太阳的恩赐，祈祷丰收的果实。

夏至日那天，人们会品尝添加了葛缕子的白奶酪，喝啤酒庆祝节日。

到处都是欢声笑语，所有人都笑容满面。这天，太阳要到晚上十一点多才下山，所以人们有的是时间谈天说地、品尝美食、唱歌跳舞。

可是，千万不能睡过去了。因为夏至节的晚上，人们要通宵庆祝。如果不小心睡过去，那个人在接下来的一整年都会变成懒

M. Hirasawa

惰鬼。所以，孩子们在这一天也会努力保持清醒。

篝火即将燃尽之时，人们会拿出一年前的头冠扔进火里。火就是太阳，怎么能让太阳熄灭呢？

不知过了多久，天空开始转暗了。

趁着这一刻，玛丽卡悄悄离开了家人。

她快步穿过村里的小径，走向林中礼拜堂。路旁盛开的玫瑰花散发出甘甜魅惑的香气，仿佛在戏弄路过的旅人。

玛丽卡摘下一片花瓣藏在胸口。因为她知道，这样就能让身上隐隐散发出甜美的香气。

这是一个清风吹拂的夜晚。

玛丽卡走向森林入口处的泉眼，掬起一捧冰凉甘甜的泉水。她抿了一口，然后慢慢喝下。接着，她又对着水面，飞快地整理了头发。

她跟雅尼斯约好了。

两人要在夏至之夜寻找传说中的羊齿花。据说这种花十分罕见，但只要一对恋人相约在短夜里寻找，或许就能够看到。

玛丽卡很想尽快见到雅尼斯，干脆撩起长长的裙摆，快步走向树林深处。她每走一步，裙摆都会摇晃出美丽的曲线。

玛丽卡一个人走在树林里，并不会感到害怕。因为夏至节的夜晚很亮。而且，卢普迈泽共和国的森林绝不会拒绝来客，无论何时都会敞开胸襟欢迎他们。

雅尼斯先到了，正在等待玛丽卡。

“晚上好。”

安静的树林里响起了雅尼斯的声音。

玛丽卡跑过去紧紧抱住雅尼斯，用拥抱代替了问候。夏至节的夜晚，是恋人们梦寐以求的时刻。

二人都穿着传统民族服装，一个头上戴着柏叶冠，另一个戴着花冠。他们站在一起，就像一对亲密的精灵。

他们紧紧拥抱着彼此。林中礼拜堂的树木和花草都温柔地守望着两人。接着，这对情侣第一次交换了亲吻。

多么美好啊！

那是从未经历过的，最甜蜜的一刻。

雅尼斯的吻让玛丽卡深深着迷。不知为何，她浑身使不出力气，变得好像白糖点心一般，柔弱而敏感，好像随时都会倒下去。

雅尼斯稳稳撑住了玛丽卡的身体。

“我爱你。”

雅尼斯轻抚着玛丽卡的头发，对她低语道。

“我也是……”

玛丽卡依偎在雅尼斯的胸口，喘息着回答道。

她真的好喜欢、好喜欢雅尼斯，恨不得更加贴近他，与他紧紧相拥。

在新的一天来临之时，两人在林中礼拜堂结合了。刚才玛丽卡在路上摘下的玫瑰花瓣，轻飘飘地落在地上。

这一夜，雅尼斯和玛丽卡才头一次知晓，世上竟有如此美妙的事情。泪水从玛丽卡的眼中滑落，又被雅尼斯温柔拂去。

然后，两人紧握着彼此的手，走在深夜的林中，寻找传说中的羊齿花。

雅尼斯小心翼翼地走着，以免踩到脚边的花儿。玛丽卡也一样踮起了脚尖，不想破坏大地的妆容。

他们手牵手走着，不知不觉就跳起舞来。玛丽卡像小兔子似的蹦蹦跳跳，雅尼斯则扶着她的腰肢，让她保持平衡。

两人在跳舞时，呼吸也完全同频。无论多么复杂的舞步，他们都能像一心同体的精灵一般，流畅地完成。

森林里的动物们远远眺望着他们的舞姿，但两人一点都不在意观众的目光。

他们都沉浸在舞蹈中。

M. Hirasawa

翩翩起舞的玛丽卡与雅尼斯就像天造地设的一对。他们的舞姿如此神圣而纯洁，连森林里的动物都看入了迷。

深夜的森林里回荡着两人轻快的舞步，不时还能听见阵阵欢笑。

他们两人心中充满了难以名状的喜悦。

可是，美好的时间总是很短暂，天空已经准备好迎来朝阳。夏至之夜，太阳只会沉睡片刻，便再次升起。晨光不消片刻就要来临。

雅尼斯仰望着蒙蒙亮的天空。头顶还能看见几点星光，但最后的星星也将要隐去。

雅尼斯的目光回到脚下，俯身在草丛中摘了一朵金黄色的花儿。他将那朵花递给玛丽卡，诉说了自己的心意。

“我们结婚吧。”

雅尼斯向玛丽卡求婚了。

然后，他又补充道：“让我们永远在一起，直到生命的尽头。”

雅尼斯思考过许多求婚的话。可是，只有这句话最能表明他的心意。

玛丽卡心里早已做出了决定。然而，她不能马上回答。因为卢普迈泽共和国还没有表达“yes”的词汇。

m. hirasawa

东方的天空染成了琉璃色，清晨马上就要到来。玛丽卡与雅尼斯也即将告别。

最后，两人又一次在森林的入口亲吻了彼此。然后他们握手道别，各自回家。

结婚意味着今后再也不用各回各家。玛丽卡一想到这里，就感到胸口发热。如果能跟最爱的雅尼斯生活在同一屋檐下，那该多好呀！

雅尼斯向玛丽卡求婚时，送给她一朵黄色的金银花。玛丽卡把花儿插在麻花辫上，小心翼翼地戴回了家。金银花是雅尼斯第一次送给玛丽卡的花，它的花语是爱的羁绊。当然，雅尼斯很清楚这个。

对了，两个年轻男女深夜幽会，你问爸爸妈妈会不会担心？其实啊，不用担心。因为那天是夏至节，人们无论在这天做什么，都能得到太阳女神绍莱斯的祝福。绍莱斯是卢普迈泽共和国的太阳神，拥有广阔的心胸。

玛丽卡回到家，用花草上的晨露清洁了双手和面部。人们相信，这一天的晨露拥有特殊的力量。

就这样，持续了整晚的夏至节终于迎来了尾声。卢普迈泽共和国的人民会把花冠挂在起居室，一直保留到第二年的夏至节。

那么，这对小情侣是否找到了传说中的羊齿花呢？我们已经不需要在意这个问题的答案。因为那是玛丽卡和雅尼斯的小秘密。而且，他们已经发现了比传说中的羊齿花更宝贵的东西，那就是两人的将来，以爱为名的希望之花。

玛丽卡马上把金银花养在了水杯里。

夜晚与白昼交替之时盛开的金银花固然充满了梦幻色彩，而沐浴着晨曦的金银花，又散发着一种清纯的气质。它是那么明快而恬静，玛丽卡觉得那就像雅尼斯的化身。

每次凑近花儿闻着它的清香，玛丽卡都会想起雅尼斯求婚的话语。相守终生是一段十分漫长的道路。可玛丽卡觉得，如果跟雅尼斯在一起，她一定能走到最后。

因为玛丽卡从心底里爱着雅尼斯。

第四章 营养满载！白桦树汁

拇指手套

玛丽卡再一次迎来了挑战。

从第二天起，玛丽卡就织起了手套。为了回复雅尼斯的求婚，她必须织出一双特别复杂的婚礼手套。

举行婚礼时，新郎要戴五指手套，而且上面必须有复杂的花纹。

玛丽卡的妈妈、奶奶，还有她的曾奶奶，以及曾曾奶奶，全都为自己的丈夫织了五指手套，所以玛丽卡才会来到这个世界上。

好几次，玛丽卡都几乎要放弃了。

她要用白色的毛线织出五根手指，然后用红色、天蓝色、黄色和绿色的毛线编织复杂花纹。她已经知道雅尼斯的手掌大小，可是万一手套织小了，他戴不上可怎么办？如果织大了，又会显得松松垮垮不好看，还很容易甩掉。玛丽卡为此担心得不知如何是好。

这双手套要完全包裹手腕部位，最后还要织一圈花边装饰。

玛丽卡反复走到奶奶床前，向她请教织手套的方法。奶奶身体变差了，要卧床养病。尽管如此，她为了可爱的孙女玛丽卡，还是不厌其烦地坐起身子，仔细教她。

“谢谢奶奶！”

每次，玛丽卡都会由衷地感谢奶奶。

玛丽卡很想让奶奶亲眼看着自己出嫁，所以她废寝忘食地编织手套。因为玛丽卡知道，如果不快点，奶奶就要离家远游了。

奶奶在玛丽卡刚织好一双五指手套的那天，安静地离开了人世。

“奶奶，起来呀！快起来呀！你瞧，我织好了婚礼用的手套……”

玛丽卡最喜欢奶奶，一直趴在奶奶耳边呼唤她。可是，奶奶再也不会醒来了。她沉睡的脸上，带着温柔的笑意。

奶奶一定是放心了。因为她知道，玛丽卡将会成为最棒的新娘。

玛丽卡十七岁了。

她的衣箱里装满了手套，险些连盖子都盖不上。另一只衣箱里也装满了织带、衬衣、桌布等亚麻织物。曾经那么痛恨织手套的玛丽卡，靠自己的力量织了许多手套。

玛丽卡和雅尼斯的婚礼定在春天，他们在开满鲜花的草原上举办了盛大的庆典。

雅尼斯身穿民族服装，戴上了玛丽卡织的五指手套。

在卢普迈泽共和国有个说法，如果新娘织出正好适合新郎双手的手套，两人的婚姻就会特别幸福。

玛丽卡织出的手套，戴在雅尼斯手上特别合适。

全村人都赶来为玛丽卡和雅尼斯庆祝婚礼，两人沉浸在祝福的海洋中。连鸟儿也专程赶来，献上了美丽的歌声。

他们手牵着手跳起了舞，再也不需要害羞。他们深情地注视着彼此，又唱又跳。

热闹的婚礼持续了两天。

其间，玛丽卡向每一位来宾赠送了手套。当然，她也为雅尼斯的父母准备了特别棒的手套。雅尼斯家里有很多动物，玛丽卡也为动物们准备了手套。

牛、绵羊、山羊、鸡、鸭、狗，雅尼斯的家热闹非凡。玛丽卡家里没养动物，所以她很高兴今后能和这么多生灵住在一起。

就这样，玛丽卡的人生翻开了新的篇章。

玛丽卡嫁到雅尼斯家，为他年老的双亲分担了许多工作。雅尼斯为了尽快盖起属于自己的房子，也每天拼命工作。

在卢普迈泽共和国，人们不能开展贸易。不过，只要是自己制作的东西，就能拿出去卖给别人。

所以，雅尼斯特别勤奋。除了养蜂得到的蜂蜜，他还会制作许多蜜蜡做的蜡烛，以及蜂蜜皂。

正如玛丽卡心中坚信的那般，雅尼斯成了优秀的养蜂人。他虽然不擅长与人交流，但很擅长与其他生灵对话。

令人惊讶的是，雅尼斯还能跟蜜蜂对话。不知怎的，雅尼斯总能猜到蜜蜂们想要什么。不仅仅是蜜蜂，他还能与植物、土壤、风和云朵交流，连毒蛇和蚂蚁也不例外。

一次，玛丽卡感到很不可思议，就问雅尼斯：

“要怎么才能像你一样与虫和植物对话呢？”

雅尼斯瞪大了眼睛，一脸惊讶地回答：

“我觉得，人们听不见它们的声音才更奇怪呢。”

接着，雅尼斯又说：

“首先，要完全向对方敞开心灵。如果对象是蜜蜂，就对蜜蜂怀着敬意；如果是蚂蚁，就对蚂蚁怀着敬意，毫无保留地告诉它：我喜欢你。要完全舍弃人类高高在上的念头，因为万物生灵都是平等的。”

雅尼斯说起这些，仿佛这是理所当然的。可是，玛丽卡依旧不太明白。

“要用我的话来告诉它们吗？”玛丽卡问道。

“嗯……”

雅尼斯抱着手臂沉思了一会儿。

“应该不是话语，而是把心意传达出去。可以说是沉默的话语，或者无声的交流。”

玛丽卡听了，好像有点明白，又好像不太明白。尽管如此，玛丽卡还是决定按照雅尼斯教的方法慢慢尝试。然而，无论玛丽卡怎么模仿雅尼斯，她都听不见蜜蜂的声音。

面对人类以外的生灵时，雅尼斯可以高谈阔论。当他身在自然中，就从来不会无话可说。哪怕说上一个通宵，也毫无困难。

看着这样的丈夫，玛丽卡内心的敬意更深了。

两年后，两人终于有了自己的房子。他们在雅尼斯父母的房子旁边盖了一座可爱的小房子。

那是一座很小的房子，三角形的屋顶上竖着一根烟筒。家门是太阳的红，窗台是天空的蓝。大窗户配了美丽的蕾丝窗帘，门口放了可以随意落座的长椅。

房子正中央是一座壁炉，天花板上挂着蒲祖力。蒲祖力是一种稻草做的装饰物，挂在房子里可以驱邪。

房子里的装潢简单朴素，但是采光特别好，一整天都充满了清新的空气。厨房并不大，但是足够玛丽卡在里面施展手艺。

除了客厅，他们还隔出了自己的卧室和孩子的房间。

两人特别想要孩子，所以准备了比两人卧室还要宽敞的儿童房，这样就算生很多孩子也不用担心了。至于蒸房和水井，他们都与父母家共用。

另外，房子外面还有大片的花圃和田园，那里排列着蜂箱。除了原本的老苹果树，他们又多种了几株苹果树苗。

苹果树是宝贵的树木，它会保佑失去了父母的孤儿。每个人总有一天都会失去父母，所以它是家家必备的树木。因此，守护男人的柏树、守护女人的菩提树，以及守护孤儿的苹果树，是卢普迈泽共和国每家必不可少的树木。它们就像家人一样，是十分重要的东西。

房子背后有一片美丽的白桦林，树林深处有一块灵地。灵地是神圣的森林，有许多精灵住在里面。穿过灵地再往前走，能看到一条小溪，小溪汇入一个湖泊。

这就是他们的一切，只要有了这些，他们就能生存下去。虽然东西不多，但也等同于拥有了一切。

玛丽卡很快就在院子的花坛里播下了种子。那些都是结婚前雅尼斯送给她的种子。她的小瓶子里装满了各种各样的花种。

玛丽卡满怀期待，很想知道那些种子会开出什么样的花朵。她勤奋地浇水，细心地打理嫩芽，若是在叶片上看到虫子，她会把小虫子们送回树林深处。

玛丽卡跟雅尼斯结婚后，知道了无论多么小的虫子，都有各自的使命。即使是乍一看只会干坏事的虫子，一定也在人们看不到的地方，为大自然起到某些作用。

万物生灵不分高低，一切平等。这就是玛丽卡从雅尼斯的行动中学会的道理。

结果远超玛丽卡的想象，因为她得到了一片让人心醉的花园。

野蔷薇、蛇草莓、白花三叶草、蓟花、勿忘我。有的花一看就能叫出名字，有的花则要查图鉴才能知晓。大大小小、颜色各异的花儿一片又一片地盛开了。

每次看到那美丽的花园，玛丽卡都会感慨自己遇到了最棒的丈夫。两人交往时，她偶尔也想收到鲜花而不是种子，不过现在，她感到了千百倍的幸福。

两人盖起小房子的那年秋天，雅尼斯给玛丽卡带来了一个惊喜。他瞒着玛丽卡给她准备了一个礼物。

“玛丽卡，你过来。”

听到雅尼斯的呼唤，玛丽卡走到院子里，发现丈夫罕见地系上了领带。只见他郑重其事地牵起玛丽卡的手，把她带到了苹果树那边。

踏进后院的瞬间，玛丽卡屏住了呼吸。

“是秋千！”

院子里竟然多了一架好大的秋千，上面还系着红色丝带。

“这就是我送给你的礼物。谢谢你答应嫁给我。”

雅尼斯涨红了脸，对玛丽卡说。

玛丽卡惊讶得说不出话来，因为她太喜欢秋千了。可是，她从未对雅尼斯说过这件事。以前跟三个哥哥荡秋千，荡得最高的那个一定是玛丽卡。

“请吧。”

雅尼斯带着玛丽卡坐在了久违的秋千上。不过，它跟只能坐一个人的儿童秋千不一样，是一架可以两个人并肩而坐的大秋千。

玛丽卡觉得自己变成了公主。她和雅尼斯一起荡着秋千。眼前是一片苹果树，树上结满了红色的苹果。

“真好。”

玛丽卡陶醉地看着苹果树，轻轻靠在雅尼斯肩头。雅尼斯则温柔地搂住了玛丽卡的肩膀。一阵清风拂过两人的前额。阳光从树叶间洒落，让这个白天仿佛也充满了点点星光。

后来，每逢清风吹拂的夜晚，他们就会坐在秋千上看星星。此时玛丽卡一定会让雅尼斯躺在自己的腿上。

玛丽卡的腿柔软有弹性，雅尼斯最喜欢躺在她的腿上仰望星空。

两人凝视着夜空，若是碰巧看到流星，就会闭上眼睛默默许愿。

他们的心愿都一样——希望尽快怀上孩子。

没错，他们都在心里向神明祈祷。

不知不觉间，两人成了一对默契无间的夫妻。

他们初识时，还是完全相反的性格。可是玛丽卡一点一点接近了雅尼斯，雅尼斯也一点一点接近了玛丽卡。慢慢地，他们的思考方式、步伐，甚至动作，都变得越来越像。

玛丽卡和雅尼斯无论到哪里都在一起。

夏天，每逢星期日，他们就会一早到湖边去。因为没有汽车，他们会做好野餐的食物随身携带，戴上配对的草帽，牵着手慢慢走过去。

雅尼斯背着的水壶里装着白桦树汁。早春时节，人们将玻璃瓶插入白桦树提取树汁，加入葡萄干、柠檬皮与薄荷发酵，制成这种饮料。

卢普迈泽共和国的人民都钟爱白桦树汁。它不仅好喝，而且富含维生素和矿物质，具有清肠作用，还能促进新陈代谢。

雅尼斯也很喜欢这种饮料，所以他带了满满一壶。他们从家走到湖边大约需要一小时。

他们穿过广阔的黑麦田，又穿过笔挺的白杨树林，因为抄了近道，两人走进了一片草丛。

那草丛像一片绿色的海洋！

他们好似游泳一般，向湖边进发。

每次靠近终点，玛丽卡都会加快脚步，她很想尽快见到那片湖。每次，雅尼斯都会跟着加快脚步，追逐玛丽卡的身影。

来到湖边，玛丽卡迅速脱下衣服。不，应该说，她还没停下脚步，已经忙着解开上衣纽扣。

那片湖被森林包围，是个静谧的地方。每次身体没入湖水中时，玛丽卡都会露出陶醉的表情。

水如丝绢般柔顺，安抚她滚烫的身体。玛丽卡感觉，自己仿佛在与湖神跳一支优雅的舞蹈。只要浸泡在湖水中，玛丽卡就会感到整个地球都深爱着她。

她很想永远在湖水中畅游，与湖水嬉戏，紧紧拥抱湖水。对玛丽卡来说，湖就是她的乐园。

湖边的湿地上长满了闪闪发光的苔藓，越橘结出了通透嫩红的果实，旁边还有形状怪异的食虫花。雅尼斯坐在湖畔的长椅上，欣赏美丽风景。

雅尼斯不游泳。不，他不会游泳。

他害怕双脚无法触及地面的感觉，只能在及膝高的水里踩踩水。若是湖水没过肩膀，他就会特别害怕。另外，雅尼斯也害怕高的地方。换言之，如果他的双脚没有牢牢贴在地面上，就会感到下半身发凉，坐立不安。

然而，他一点都不无聊。

雅尼斯只要看着玛丽卡在湖里畅游，就会十分快乐。而且，

m. Hirasawa

雅尼斯也想来这里做一件事。

其实，雅尼斯正在写诗。他既是一名养蜂人，也是一名诗人。不过，他还没把这件事告诉玛丽卡。所以，每当雅尼斯一个人坐在湖畔时，就会在笔记本上写诗打发时间。这是雅尼斯最幸福的一刻。

他写诗时抬起头，正在湖中畅游的玛丽卡映入眼帘。玛丽卡就像在零重力空间里旋转的宇航员，轻盈自如地戏水。仅仅是看着她，雅尼斯就感觉自己也在湖中尽情嬉戏。玛丽卡是个戏水的天才。

因为这是一个湖，无须担心波浪。玛丽卡可以自由泳，可以蛙泳，可以仰泳，甚至会来两下蝶泳！游累了，玛丽卡就会摊开四肢浮在水面上，对着天空打盹儿。

玛丽卡可以在水里待上一天，不过雅尼斯一点都不会厌倦。他要看玛丽卡戏水，还要写诗，甚至有点忙不过来呢。

要是口渴了，玛丽卡就会游到雅尼斯身边，泡在水里喝白桦树汁。长时间保存的白桦树汁经过发酵，会像苏打水一样在口中冒泡。

玛丽卡大口大口地喝下了白桦树汁。如果一杯不够，还会再来一杯，她无须担心自己会把雅尼斯那份也喝了。

如果水壶里的白桦树汁喝完了，还可以喝湖边苔藓吸收的水。湖周围是一片湿地，长了许多苔藓。那些苔藓都饱含水分，轻轻一挤就有水流出来。

过去，卢普迈泽共和国的婴儿都用这些苔藓当尿布。由此可见，苔藓的吸收力特别强，就像天然的脱脂棉一样。

“玛丽卡，该吃午饭啦！”

肚子饿了，雅尼斯就会大声呼唤玛丽卡。玛丽卡只在吃午饭的时候回到岸上。雅尼斯总是会用一块亚麻布大毛巾包裹住她的身体。

午饭通常是夹了芝士和火腿的黑面包三明治，配上院子里采摘的草莓。雅尼斯总会细嚼慢咽，就像忙着与口中的食物对话。玛丽卡在家里吃饭时，也会细嚼慢咽。

可是，唯有湖畔的午餐是个例外。玛丽卡会狼吞虎咽地吃完。她那个样子，就像无法在陆地上呼吸的鱼儿。

囫囵吞下午饭，玛丽卡又立刻跳进水中，迫不及待地向对岸游去。雅尼斯看着玛丽卡，脸上总会浮现出最开心的笑容。

他们有数不清的湖畔记忆。

一次，整个湖都包裹在浓雾中，继而整个森林也被雾气笼罩。

雅尼斯伸出双手，试图看清自己的手掌，但是雾气遮住了他的视线。

“喂——玛丽卡——！”

雅尼斯有点担心，开始大声呼唤玛丽卡。玛丽卡应该还在湖里。

“玛丽卡——玛丽卡——玛丽卡——玛丽卡——”

他的声音在湖边回荡，久久都不消散。不一会儿，雾中传来了玛丽卡的声音：

“我爱你——我爱你——我爱你——我爱你——”

雅尼斯也忍不住大声回应：

“我爱你——我爱你——我爱你——我爱你——”

他平时只在独处的时候凑到玛丽卡耳边告诉她“我爱你”，这是第一次在外面，而且这么大声地喊出来。

不过多亏了浓浓的雾气，雅尼斯一点都不害羞。他终于大声说出了自己的心意，感到无比畅快。

纵使看不见，只要能感觉到自己深爱的人，就会无比安心。玛丽卡也一样。而且，玛丽卡听到那些表达爱意的话语，高兴得不能自已，恨不得像海豚一样高高跃出水面。

过了一会儿，雾气散去，太阳透过云层探出头来。

湖水被包裹在圣洁的光芒中，就像珍珠贝的贝壳内侧那样，闪出了七彩斑斓的光芒。玛丽卡就在这光芒中，朝雅尼斯挥着手。她就像珠贝里的珍珠。

一天傍晚，两人手牵着手，正准备离开湖畔回家。

就在那时，突然好像有人呼唤他们。最先回过头的人，是雅尼斯。

他转过头，只见夕阳燃烧着，将天空映出一片赤红。

他从未见过那样的颜色。就在雅尼斯要告诉玛丽卡时，她也转了过来。

巨大的夕阳照耀着湖面。

他们早该踏上回家的路，可是玛丽卡和雅尼斯都愣在那里，一步都舍不得移动。

两人回到湖畔，牵着手坐在长椅上，眺望着不断变换色彩的天空。

宣告一天结束的夕阳，把湖水染成了不可思议的颜色。

湖面时而变成水晶，时而变成玛瑙，时而变成绿宝石，幻化万千。那天的夕阳，显然不是平日里看见的夕阳。

那是能让人感受到生命美好与喜悦的景色。一定是神明为了奖励勤勤恳恳生活的玛丽卡和雅尼斯，为他们送上了祝福和褒奖。

两人一直坐在长椅上眺望湖面，直到夜色降临。

还有一次，玛丽卡想到一个恶作剧。

她马上行动起来——潜入水底一直不露头，她要把雅尼斯吓一大跳。对玛丽卡来说，那只是一个小小的恶作剧。

玛丽卡憋住一口气，朝湖底游去。

她潜水时都是闭着眼睛，但是敌不过好奇心，还是忍不住在水里睁开了眼睛。她看到了水底晶莹剔透的景色。

多美啊！

玛丽卡被眼前的美景吸引住了。

湖底也有一片丰饶美丽的森林，鱼儿们在林间优雅地穿梭，鳞片闪烁着淡淡的光泽。绿油油的植物轻轻摆动，乐在其中。这幅画面，就像海底龙宫。

玛丽卡水性很好，也能在水里憋很久，完全不会感到痛苦。有时，她甚至忘了自己在憋气。

可是对于坐在长椅上的雅尼斯来说，这可是件不得了的大事。他以为玛丽卡溺水了，顿时乱了阵脚。

他等了很久，玛丽卡就是不露头。最后，雅尼斯心一横，穿着衣服跳进了湖里。

“哗啦！”

他落水时发出了好大的响动。

雅尼斯不会游泳，只能在水里拼命挣扎。玛丽卡见此情景，飞快地游向了雅尼斯。

雅尼斯喝了一肚子水，痛苦地奋力摆动四肢。这下他更害怕水了。玛丽卡好不容易伸手抱住了拼命挣扎的雅尼斯，又费了很大力气把他拉到岸上。

“玛丽卡！”

雅尼斯气得满脸通红，大声责备玛丽卡。因为他真的担心坏了。

雅尼斯以为玛丽卡真的溺水了，他胡思乱想着一些场景，顿时头脑一片空白。他无法接受一个没有玛丽卡的世界，因为他们深爱着彼此。

所以，雅尼斯才会不惜拼上性命也要去救玛丽卡，虽然结果是玛丽卡救了他……

从那以后，玛丽卡便再也不在湖里恶作剧了。因为她害怕雅尼斯真的溺水了，而且生气的雅尼斯真的特别吓人。

不过，雅尼斯这辈子只对玛丽卡动过那一次气。

对两个人来说，湖畔的时光就是假日。

可是，夏天转瞬即逝，秋天很快就到来，接着是漫长的冬天。

卢普迈泽共和国也迎来了寒冬。

一场战争。冰霜王国占领了他们的领土。卢普迈泽共和国只是个很小的国家，当人们反应过来，自己的国家已经被强大的力量占据。

卢普迈泽共和国只存在了短短的几十年。玛丽卡与雅尼斯幸福的婚姻生活，也只持续了短短五年。

尽管如此，两人还是不会认输。他们依旧继续着自己的生活。

所谓婚姻，一起得到幸福固然重要，一起克服灾难，也同样重要。

玛丽卡只要跟雅尼斯在一起，就能撑过任何不幸。雅尼斯只要跟玛丽卡在一起，就能忍受一切痛苦。

可是，无论两人多么团结，也无法抵抗世界的变化。

多么悲惨啊。

钟爱唱歌跳舞的卢普迈泽共和国人民，再也不能快乐地歌唱，再也不能翩翩起舞。

他们还被禁止穿美丽的民族服饰。

唱歌、跳舞和民族服饰，是卢普迈泽共和国人民的骄傲。当然，对玛丽卡和雅尼斯来说，唱歌跳舞就是生活。现在，他们的快乐被连根拔去……

冰霜王国的统治，意味着他们不能再做自己。

幸运的是，手套没有受到限制。

如果没有手套，就无法度过寒冷的冬天。手套是生活不可或缺的东西，卢普迈泽共和国的人民需要手套。

玛丽卡不断地编织手套。她心中祈祷和平早日到来，便有意使用了许多色彩鲜艳的毛线。

冬天，大地万物都会失去色彩。而手套不仅能温暖人们的双手，还能温暖心灵。

织好手套后，玛丽卡不仅会送给雅尼斯，还会送给雅尼斯的父母和亲戚，以及朋友邻居。

玛丽卡不会为自己编织手套。奶奶为她织的手套已经足够了。如果把自己织的手套拿去卖，或许能得到一些钱，可是玛丽卡总觉得这样不对。

玛丽卡的手套，都是专门为了某一个人制作的礼物。

玛丽卡做出了决定。

第五章　品尝橡果咖啡

拇指手套

悲伤的事接踵而来。

雅尼斯二十五岁时，他的父母先后去世了。

二人被安放在同样的棺木中踏上了旅程。那是雅尼斯的父母亲自挑选颜色和花纹，亲手绘制的棺木，平时都放在阁楼里。等时候到了，他们就躺进棺木里展开旅途。

葬礼那天，负责抬棺的人都戴上了灰色或是黑白条纹的手套。雅尼斯也戴上仅由黑白二色织成的手套，为父母竖起了墓碑。平时，人们可以自由选择手套的颜色与花纹，但是在有人去世的时候，就要按照规矩戴手套。

最后的敲钟人要戴黑底蓝绿花纹的手套。这个角色通常由挚友或家人充当。

雅尼斯戴的黑白色手套是玛丽卡出嫁时带过来的。因为卢普迈泽共和国有个习俗，新娘要在衣箱里备好自己和丈夫用的葬礼手套。在自己或丈夫踏上旅途时，这些手套就由参加葬礼的人佩戴。

葬礼结束后，雅尼斯坐在苹果树下的秋千上，哭了好久好久。那是伤心欲绝的眼泪。玛丽卡轻轻抚摩着成了孤儿的雅尼斯的背部。

玛丽卡看着雅尼斯，心中暗自发誓。她不会再让雅尼斯陷入悲伤。她一定要比雅尼斯活得更久。

不过，她只需要比雅尼斯多活一天就好。

因为没有了雅尼斯，玛丽卡也活不下去。所以，她向命运之神祈祷：请让我比雅尼斯多活一天。

寒冬的时代比想象中更漫长。

被冰霜王国侵占以后，战争虽然暂时终结，但是他们又一次被冰霜王国占领了。卢普迈泽共和国的人民打从心底里痛恨冰霜王国。

但是，这期间也有过一些小小的幸福。事情发生在玛丽卡二十七岁那年春天。

两人家中来了一位美好的客人。

第一个发现它的，是雅尼斯。

雅尼斯手上拿着番茄苗，一脸兴奋地跑进家里。

玛丽卡正在厨房制作奶酪球。

她用前几天过节时剩下的白面团包裹茅屋奶酪，搓成一口大小的小球用开水烫熟。雅尼斯跑进来时，她刚刚取出做好的奶酪球。那是雅尼斯最爱吃的东西，所以玛丽卡每次都会多备一点白面团。在奶酪球上浇一点糖浆，就成了一道美味的点心。

“玛丽卡，快来啊！出大事了！”

雅尼斯跑进厨房，飞快地对玛丽卡说。可是，玛丽卡不明白他在说什么。

她正忙着查看锅里的奶酪球，雅尼斯却瞪大眼睛说道：

“外面飞来一只鹳，而且不是白鹳，是黑鹳。它就在我们院子里！”

“啊，黑鹳！？”

玛丽卡大吃一惊，险些把锅掀翻了。

因为玛丽卡从来没见过黑鹳。她当然知道世界上有黑鹳，她甚至从未见过目睹过黑鹳的人。

相传，鹳鸟会给一个家庭带来幸福。如果是黑鹳，那就更好了。所以，玛丽卡很难控制自己兴奋的情绪。

为了防止奶酪球煮过头，玛丽卡把它们从锅里捞了出来。

然后，两人走到大窗户边上，静悄悄地看向庭院。

玛丽卡屏住了呼吸。

院子里的确有一只黑鹳，停在废旧的电线杆顶上休息。

就在那时，远处又飞来了一只白鹳。它伸展着羽翼，英姿飒爽，宛如最新式的小型飞机。

从下面仰视，黑鹳的黑色飞羽格外醒目。宛如细棍一般的双腿就像昭告秋天结束的红叶一般艳红。玛丽卡和雅尼斯都是头一次如此近地观察鹳鸟。

“多漂亮，多美丽啊……”玛丽卡忍不住叹息道。

“它眼睛周围好像化了妆。”雅尼斯道出了自己的新发现。

两人如痴如醉地交流着想法，彼此都还沉浸在宛如梦境的感觉中。因为他们简直不敢相信眼前正在发生的事。

就这样，两人屏息静气，彼此拥抱着，久久凝视着院子里的鹳鸟。白鹳与黑鹳的对比仿佛尘世绝景。

那天夜里，他们喝了久违的什马科夫卡。但是不能大张旗鼓，只能悄悄地庆祝。

雅尼斯还没喝完半杯，就红着脸睡着了。玛丽卡继承了奶奶的酒量，再加上心情大好，就把一瓶什马科夫卡全都喝完了。

玛丽卡好几次掀开窗帘，凝神注视着。当然，外面太黑了，她看不见那对鹳鸟。但她能感觉到它们就在那里，心中不知不觉涌起一丝暖意。

玛丽卡回忆起了希望。希望是一种积极的预感，认定明天一定会是个快乐的日子。玛丽卡久违地开始期待早晨的到来。

翌日早晨，玛丽卡醒过来，发现雅尼斯已经坐在窗边的椅子上，注视着庭院里的鹳。他手上拿着一副旧望远镜，仔细地观察鹳鸟夫妻的样子。

“早上好。”

玛丽卡努力压低声音，在雅尼斯耳边嘀咕道。雅尼斯也同样压低声音对玛丽卡说话。玛丽卡看见两只鹳鸟还待在电线杆上，顿时安心了许多。

其实，因为担心鹳鸟会飞走，玛丽卡和雅尼斯都一晚上没睡好。不过两人白担心了，因为鹳鸟夫妻还在原地休息。

鹳鸟会从非洲大陆出发，跨越几千公里来到这里。所以，它们需要在安静的环境中休养生息。

玛丽卡开始准备早饭，不时看两眼窗外的鹳鸟。

她先用水熬煮院子里采摘的草药，制作一壶奶茶。在此期间，她又做了许多土豆泥，与面粉和在一起，制作土豆松饼。

他们家的早饭经常是这样。玛丽卡会在松饼上搭配黄油和蜂蜜，然后为雅尼斯煎一片培根。

然而，这虽然是再日常不过的早饭，有了窗外那对鹳鸟夫妻的陪伴，却也有了新鲜的感觉。

两人没有去过蜜月旅行，甚至从来没有旅行过。但是这天早晨，他们仿佛身在异国他乡，悠然享受着豪华五星级酒店的早餐。

鹳鸟会给一个家庭带来幸福。玛丽卡和雅尼斯吃着新鲜出炉的松饼，心中确信了这一点。

两人吃完早餐时，外面传来了陌生的声音。

咔、咔、咔、咔。

咔、咔、咔、咔。

原来，两只鹳鸟正面对面，一边磕响鸟喙，一边互相磨蹭脖子。这是鹳鸟独特的举动。

鹳鸟没有用于发声的肌肉，无法像其他鸟类一样发出鸣叫。于是，它们就会磕响自己的鸟喙，发出独特的响声。这对鹳鸟夫妻正在用好似鞠躬的姿势，向彼此求爱。

玛丽卡听着那个声音，安静地收拾了餐桌。她把盘子放进滤水篮时，小心翼翼地避免发出很大的声音。玛丽卡开始希望，鹳鸟夫妻能一直留在他们家的院子里。

雅尼斯一边观察鹳鸟夫妻的情况，一边在蜂箱旁边干活。他觉得自己突然充满了干劲。今天，雅尼斯干活比往常还要积极。

鹳鸟夫妻在自己家过了一夜，就跟家人没有两样。雅尼斯很高兴家里突然多了两个家人。他还想让它们过得更舒服、更快乐。毕竟鹳鸟夫妻选择了他们的院子，这是雅尼斯的骄傲。

两天过去了，黑、白两只鹳鸟依旧停留在他们的院子里。看来，玛丽卡的期待变成了现实。

不久之后，鹳鸟夫妻筑好了巢，在上面交尾，又产下了鸟蛋。对它们来说，这是个万分重要的时期。为了不惊动它们，玛丽卡与雅尼斯开门关门、把勺子放在餐桌上时，都会格外小心。

要是杯子落在地上发出很大的响声，鹳鸟夫妻可能会弃巢而去。那样一来，鸟蛋就无法孵化。鸟蛋是生生不息的生命结晶。他们怎么能因为一时不谨慎，毁了神明的恩赐呢？

鹳鸟夫妻轮流在窝里孵蛋。他们发现，黑鹳似乎是雄鸟。跟雅尼斯一样，黑鹳也深爱着自己的妻子。据说，每只鹳鸟一生只有一个伴侣。

鹳鸟的主食是小龙虾、老鼠和昆虫。有时逮到小蛇，它们也会美美地吃下去。

m. Hirasawa

平时只有雅尼斯用望远镜观察它们，玛丽卡从来不用。她觉得那就像在窥视鹳鸟夫妻的隐私，很对不起它们。

然而，在第一只雏鸟诞生时，玛丽卡还是忍不住拿起了望远镜。

鸟巢的位置很高，就算用望远镜也看不清楚。尽管如此，她还是看到了鹳鸟夫妻脚下有个小东西在蠕动。

雏鸟平安孵化了，而且就在他们的院子里。这是多么难得的幸运啊！这是两人的婚姻生活中最有纪念意义的一件事。

他们手牵着手，兴高采烈地观察着鹳鸟一家。这是凛冬降临之后，他们经历的第一次感动。

雏鸟孵化后，鹳鸟夫妻就轮流到他们的地里捉蚯蚓带回巢中。玛丽卡和雅尼斯的地里有很多蚯蚓，他们慷慨地分给了鹳鸟一家。于是，雏鸟健康快乐地长大了。

玛丽卡和雅尼斯在窗边度过的时间越来越多。唯有这段时间，他们不会坐到外面的秋千上。他们决定暂时把院子让给鹳鸟一家，保证两只雏鸟平安长大。

很快，两只雏鸟就长得跟父母一样高大美丽了。一开始它们都是灰色的毛球，后来渐渐长出飞羽，眼睛周围也出现了红色的眼影。它们跟父母一样，能够磕响鸟喙，所以玛丽卡和雅尼斯的家比以前更热闹了。

咔、咔、咔、咔。

咔、咔、咔、咔。

就像演奏打击乐器的鼓笛乐队。

每次听到那个声音，玛丽卡和雅尼斯都会心情愉快。虽然有时候有些过于热闹，但他们从未厌烦过那个声音。

一天，雅尼斯拿起彩铅描绘了鹳鸟一家，画好后贴在了门上。玛丽卡在下面加了一行字：参观者请按门铃。请保持安静，切勿惊扰鹳鸟一家。

在雏鸟长大到一定程度之前，他们一直严守院子里来了一家鹳鸟的秘密。不过，现在他们可以公开了。

邻居和路过的旅人纷纷上门，都想看一眼黑鹳和它的家人。

每次有人突然拜访，玛丽卡和雅尼斯都会大方地把客人迎到家中，让他们坐在窗边的特等席位。玛丽卡会端来草药茶和白桦树汁，雅尼斯则给客人讲述黑鹳第一天出现的事情，以及雏鸟诞生的过程。

神奇的是，原本内向害羞的雅尼斯一旦说起鹳鸟这个话题，就会变得滔滔不绝。鹳鸟一家改变了雅尼斯的性格。

就这样，不仅是玛丽卡和雅尼斯，村里的人也都感受到了鹳鸟带来的幸福。那个时期，每个人的心情都很沉重，因此黑鹳和它的家人成了村里人最大的希望之光。

然而，有相遇，就会有别离。

夏季临近末尾，鹳鸟一家一只接一只地飞离了他们的院子。

它们要回到非洲大地，在那里度过冬天。玛丽卡和雅尼斯都知道这是自然之力，是不可改变的事情，但他们还是难以掩饰心中的不舍。

“又飞走了一只。”雅尼斯眼中噙着泪水喃喃道。

因为在那段时光里，他真的很快乐，而且早已把院子里的鹳鸟一家当成了理所当然的存在。

“不过我们一定会再重逢。等到明年，它们还会造访我们的院子。”

玛丽卡用最开怀的声音安慰雅尼斯。因为她听说，亲密的鹳鸟夫妻会每年回到同一个鸟巢，稍加改造后继续使用。

“它们一定，一定会回来。”

玛丽卡这句话既是对雅尼斯说的，也是对自己说的。说完，她轻轻拭去了眼角的泪花。

玛丽卡和雅尼斯站在窗边，挥手送别了最后一只鹳鸟。

大大的鹳鸟渐渐变成空中的小黑点，然后消失不见了。

m. Hirasawa

两人又继续着他们的日常生活。

雅尼斯每次抬头看向天空，都会想象鹳鸟们飞到了哪里，身在哪一片天空之下。

玛丽卡在打扫房子和揉面团的时候，也会祈祷黑白鹳鸟永远恩爱成双。

两人一直祈祷着鹳鸟们平安。

那个祈祷，应该是应验了。

从那以后，鹳鸟夫妻每年都会造访他们的院子。

鹳鸟会带来春天的消息。

鹳鸟的雏鸟平安离巢后，雅尼斯做了一个决定。

“玛丽卡，我有一件重要的事想跟你商量。”

当时，玛丽卡正在阳光充沛的院子一角，忙着晾晒洗好的衣物。

她回到家中，发现雅尼斯已经准备好了热可可。他用小刀切碎玛丽卡喜欢的巧克力，放在牛奶中加热，做成了这种饮料。不过，巧克力是一种奢侈品，所以他们平时喝不上热可可，顶多在两人的生日、圣诞节和新年品尝一下。

雅尼斯之所以做热可可，是因为他接下来要跟玛丽卡商量一件大事。这件事说不定还会伤害玛丽卡。为了安慰玛丽卡的心情，雅尼斯才特意做了热可可。

雅尼斯小心地搅拌着热可可，满心希望玛丽卡能理解自己的心情。他还在热可可里加了自己亲手采集的蜂蜜。

“请用。”

两人坐在餐桌旁。从这个地方能清楚地看到窗外的鹳鸟巢。用小树枝搭建的鸟巢特别牢固，无论刮多大的风，都能稳稳地保持原样。

雅尼斯注视着鹳鸟的巢，然后轻轻握住了玛丽卡的手。

“我想——”

雅尼斯看着天空，道出了自己的想法。空中飘着淡淡的云雾，很难说清接下来会放晴，还是会下雨。雅尼斯继续道：“我们的孩子，一定是鹳鸟。都说鹳鸟能够带来幸福，但是对我们来说，鹳鸟本身就像孩子一样。”

雅尼斯鼓起勇气说出了心里话。他是在提议，今后放弃要孩子的打算。

可是说着说着，雅尼斯的声音就越变越小了。因为这只是他个人的想法，说不定玛丽卡还是想要一个自己的孩子。

雅尼斯最了解这点。可是，无论他们多么期盼，无论他们多么虔诚地向神明祈祷，两人就是怀不上孩子。

“我们已经结婚十年了吧。”过了一会儿，玛丽卡安静地说道。可是，她没有再说下去。

她与雅尼斯的二人世界也很幸福。然而，玛丽卡生在一个热闹的大家庭，自己也想建立一个热闹的大家庭。她很难舍弃这个想法。她也很想拥有自己和雅尼斯的孩子。每次想象雅尼斯把小小的婴儿抱在怀里的情景，她都会深深陶醉。她很想让雅尼斯看看自己的孩子。

“可是——”

玛丽卡露出了含泪的笑容。

“孩子没有选择我们。”

尽管玛丽卡心中隐约有点感觉，但她还是第一次对雅尼斯说出这句话。雅尼斯用力握住了玛丽卡的手。

玛丽卡抬起头，目光看向窗外。她看到了鹳鸟的巢。当然，那个巢已经变得空荡荡，鹳鸟全都飞走了。只是，玛丽卡还记得鹳鸟一家在这里生活的光景。与此同时，她也想起了鹳鸟一家住在庭院时，她与雅尼斯又是多么幸福，每天沉浸在欢乐中。

的确，鹳鸟与人类的孩子截然不同，也无法跟人类对话，无法围着一张桌子吃饭，无法拥抱彼此。可是，玛丽卡突然想到，不管对方是鹳鸟还是人类的孩子，她心里涌现的感情可能都一样。

“可能都一样呢。”玛丽卡说道。

“这种爱一定是相同的。无论是对鹳鸟还是对人类，我的爱都不会改变。”

“或许是神明派来了鹳鸟，代替我们生下孩子。”这只是个毫无根据的想法，但是随着玛丽卡的诉说，它渐渐有了真实的感觉。玛丽卡继续道，“因为它们可是从几千几万个家庭中，挑中了我们的院子啊。而且，还是一只黑鹳。仅仅是这样，就已经足够幸福。如果还想得到更多幸福，那就有点贪心了。”

说着说着，玛丽卡的心情渐渐明朗了。雅尼斯的心也重现光明。

“对啊，鹳鸟就是我们新的家人。”

雅尼斯感觉自己有了个大发现。一定是这样的。玛丽卡和雅尼斯虽然没有自己的孩子，但是得到了鹳鸟作为家人。换个角度想，这可能更难得。

而且身在如今这个时代，人们已经很难分辨何谓幸福、何谓不幸。就算一个孩子在家人的祝福中诞生，也无法保证能够安稳

地活下去。在冰霜王国的支配下，那个孩子甚至可能会有一个不自由、不快乐的人生。既然如此，倒不如把能够张开羽翼自由飞翔的鹳鸟当作家人，反倒更幸福。

雅尼斯看向玛丽卡，她也笑容满面地看着雅尼斯。看到她的笑容，雅尼斯顿时长舒了一口气。

从这天起，两人决定把鹳鸟当成自己的孩子。每次对彼此提起这件事，他们就会感到无比轻松。

而且，他们还有很多孩子。玛丽卡的哥哥和嫂嫂们为她生下了许多侄子侄女，邻居家的小夫妻也刚刚生下一个可爱的男孩子。

玛丽卡和雅尼斯把照顾这些孩子当成了自己的职责。他们这么多年都没有孩子，说不定意味着他们不需要孩子。

所以，他们不会感到孤单，心中反倒像湛蓝的天空那样明快。对他们来说，没有自己的孩子固然痛苦，但也因为这样，他们有幸遇到了鹳鸟一家，与鹳鸟夫妻形成了亲密的关系。

如果两人有了孩子，一定就无法用心招待鹳鸟夫妻了。正因为他们没有孩子，才能感受到鹳鸟夫妻到来的喜悦，以及与它们共同生活的快乐。

不可思议的是，自从他们做出那个决定，就开始有好多动物到院子里来玩耍。

刺猬就是他们的可爱访客之一。雅尼斯一见到它，马上就动手搭了一个供刺猬避雨的小房子。

很快，他们把预留的儿童房改造成了供植物温暖过冬的温室。只要把屋顶换成玻璃，植物就能在冬天得到充足的光照。

两人时常坐在温室里品尝橡果咖啡。将树上掉落的橡果收集起来，炒熟之后磨成粉末，就能泡出浓香扑鼻的咖啡了。

他们一边啜饮咖啡，一边聊天、注视彼此，有时还打打扑克牌、下下黑白棋。天气不好，无法到外面荡秋千的时候，他们也会在温室里喝咖啡打发时间。

周围的植物，都是他们重要的家人。

春日尚未到来，凛冬的时代还在继续。尽管如此，他们始终没有放弃。

玛丽卡每到星期一都会烤供一周食用的黑面包。不管发生什么事，只要有了黑面包，就无须害怕饥饿。星期二，玛丽卡会做些编织和针线活，星期三则打理院子里的花花草草，星期四洗涤衣物。

星期五打扫好整间屋子，就能舒适地迎接周末。

星期六，玛丽卡与雅尼斯一大早就出门打理田地，下午则在厨房里一起制作美食。

星期日，是她跟雅尼斯约会的日子。

玛丽卡与雅尼斯都特别期待星期日。为了让星期日过得更快乐，他们会在其他日子里特别努力地工作。工作之余，两人会欣赏着美丽的天空，花上一周的时间讨论星期日要做什么。

春天，他们会到白桦树林里散步，顺便收集白桦树汁。把树汁带回家后，他们就会加入肉桂和葡萄干，令其慢慢发酵。不过，发酵前的白桦树汁带有清爽的春天气息，也很美味。

雅尼斯最喜欢刚刚收集到的新鲜白桦树汁，他每次品尝时，都会感叹自己变成了白桦树，逗得玛丽卡哈哈大笑。

初夏，他们要到森林里采集浆果。苔藓铺就的地毯上长满了蓝莓和树莓的果子，哪怕采上一整天也不会穷尽。吃不完的浆果会被做成果酱，保证两人一整年都能品尝到森林的恩赐。

盛夏时节，他们的约会地点当然是湖畔。

等湖水变冷，无法游泳了，两人就会回到森林，采集蘑菇。

每次走进森林，他们都会大声歌唱，一边唱歌，一边跳舞。

只有在森林里，他们才能享受短暂的自由，不会被任何人看见。平时那些只能在心中歌唱的曲子，只要走进森林，就能大声唱出来。

冬天，是平时忙于养蜂的雅尼斯最期待的季节。

雅尼斯很喜欢在封冻的河面上钓鱼。他是个沉默寡言、富有耐心的人，钓鱼自然是最适合他的活动。冬季钓鱼能够让心彻底归于宁静。

一年圣诞节，玛丽卡为雅尼斯织了钓鱼用的手套。那双手套可以露出指尖，这样安装鱼饵时就不用摘下手套了。

“玛丽卡，太棒了！这双手套太好了！”

雅尼斯露出了久违的兴奋笑容。

“我甚至想把这种手套送给全世界热爱钓鱼的人。”

在此之前，每次去钓鱼，雅尼斯都会冻僵双手。不过有了玛丽卡织的钓鱼手套，他就再也不用担心双手被冻僵，可以更快乐地享受钓鱼的时光了。

看到雅尼斯出乎意料的兴奋，玛丽卡也很高兴。

其实，钓鱼手套需要用到跟婚礼手套一样复杂的技巧。它不仅是五指手套，还不能完全覆盖指尖，除了拇指以外，其他指尖都要露在外面。但是光露在外面，手指又会冻僵，所以需要另外织一个连指的小兜，在需要时把其他手指兜住。由于结构特别复杂，织这种手套需要花费好几倍的时间和精力。

由于是第一次织钓鱼用的手套，玛丽卡手忙脚乱的，甚至决定今后再也不织这种手套了。

可是，看到丈夫高兴的样子，玛丽卡又觉得自己的辛苦算不了什么，同时决定明年还要给雅尼斯织钓鱼手套。

就这样，每年临近圣诞节，玛丽卡就会为雅尼斯编织特别复杂的钓鱼手套。

玛丽卡在织手套的时候，发现了一件很重要的事情——给一个人织手套，意味着为那个人送去温暖。

玛丽卡还意识到，手套可以代替她牵起那个人的手，手套里蕴含着玛丽卡双手的温度。

为了不让雅尼斯的指尖被冻僵，玛丽卡每年都会用心祈祷，精心为他编织手套。编织美丽又温暖的手套，成了玛丽卡人生的乐趣。

第六章 如何制作鲜腌黄瓜

拇指手套

春、夏、秋、冬。

无论什么季节，玛丽卡与雅尼斯都会在欢声笑语中度过。卢普迈泽共和国的人民，越是处在艰难的时期，越要高声欢笑。

不知不觉，玛丽卡就成了一个笑容美丽的坚强女性。

雅尼斯也用深深的爱意保护着玛丽卡。

两人生活在一起，拥有无穷无尽的力量，那或许就是金银花的魔力，代表爱的羁绊。

可是，外面的情况越来越严峻了。

雅尼斯陆续收到了不少蓝绿色花纹的黑色手套。也就是说，总有人来请他敲响最后的钟声。

雅尼斯虽然是个不善言辞、容易害羞、不会讨好的人，但不知为何，总有人来请他做这件事。

那也证明，有许多人都很信任雅尼斯。虽然平时很不起眼，但雅尼斯有很多朋友。

大家都说，雅尼斯的钟声格外美妙。它既蕴含着莫大的悲伤，又融进了一些开朗，两者混合成了难以言喻的清朗音色，为逝者的灵魂送行。

肃穆的钟声深深打动了参加葬礼的人。只要是听过雅尼斯敲钟的人，都忘不了那美妙的音色，并且希望雅尼斯能为自己敲响送行的钟声。

玛丽卡也希望如此。可是，她已经决心要比雅尼斯多活一天，这个希望可能无法实现。话虽如此，她又暂时想不到别的敲钟人选。

当然，玛丽卡也有很多朋友。如果光看数字，她的朋友远比雅尼斯多得多。可是，雅尼斯跟其他人都不一样。认识雅尼斯的人，只要越了解他，就会越喜欢他。

就这样，雅尼斯收到的敲钟人的手套越来越多了。

踏上旅途的人中，也不乏年轻人。这种事正发生在全国各地。有的人甚至毫无缘由地惨遭杀害。这就是一个可怕的时代，人们即使没有做过任何坏事，也会突然失去性命。

尽管如此，玛丽卡还是很淡定。她坚信雅尼斯一定不会有事。

雅尼斯是个养蜂人。他过着坚强而诚实的生活，没有任何不可告人之处。

对玛丽卡来说，日常的生活最让她安心，所以她便把更多精力投入生活中。

大窗户总是光洁如新，家中永远装饰着美丽的鲜花，饭菜也充满了爱意。

夏天，田地里变得格外热闹。特别是黄瓜，不停地摘，又不停地长，让两人忙得停不下来。于是，玛丽卡每天都会做鲜腌黄瓜。

鲜腌黄瓜是玛丽卡创造的美食。

鲜腌黄瓜用的是生黄瓜，但是跟黄瓜沙拉和酸黄瓜都不太一样。虽然用井水也能制作，但是在做鲜腌黄瓜的时候，玛丽卡会去森林打回甘甜的泉水。

那眼泉是玛丽卡和雅尼斯结婚前，第一次共同度过的夏至节晚上发现的地方。

从那以后，泉水就在玛丽卡心中有了特殊的意义。用林中泉水制作的鲜腌黄瓜格外美味。

这道菜的主材料，只能使用刚采摘的新鲜黄瓜。

先用手掐掉黄瓜两头。切记不能用刀切，一定要用手掐。

然后，准备一锅井水或是泉水。水沸腾过一次就会流失氧气，所以必须用生水。

调味料有红醋栗叶、大蒜、连茎的葛缕子和黄芥末。

所有材料放在一起浸泡两天，就制成了鲜腌黄瓜。不过，刚泡上的鲜腌黄瓜也很好吃。整个夏天，他们两人吃得最多的就是鲜腌黄瓜。

黄瓜吃完，就轮到苹果登场了。

苹果是守护孤儿的树木，每个家庭都会栽种。而且苹果又好吃又健康，玛丽卡和雅尼斯盖好自己的新家后，在院子里种了许多苹果树苗。现在，那些苹果树都能结出大个的苹果。

等苹果染上绯红的颜色，他们就齐心协力，开始采摘。

雅尼斯爬上梯子摘苹果，玛丽卡在下面接。树上挂满了红彤彤的果实，宛如宇宙中闪闪发光的星球。

看到这个景象，雅尼斯忍不住想在本子上写诗。可是他没有时间，因为他正忙着采摘苹果。

他们每天都能摘到满满一篮苹果。这些苹果摘下来后，要马上拿到厨房加工。

苹果是一种神奇的水果，鲜艳的红色能让人感觉到温暖。而且，苹果还散发着清香，入口甜美，真了不起。

玛丽卡和雅尼斯最喜欢的就是用苹果做的黄油蛋糕。亲手制作的黄油配上亲手采集的蜂蜜，再加入许多苹果烤出来的蛋糕，是玛丽卡最拿手的点心。虽然玛丽卡的妈妈是远近闻名的厨娘，但苹果黄油蛋糕还是玛丽卡做得最好吃。

每次蛋糕一出炉，他们就会泡上一壶橡果咖啡，分享香甜的点心。酸酸甜甜的苹果在口中化开，带来愉悦和满足。

仅仅是这样，他们就感到特别幸福。所以两人都暗自发誓，一定要守护他们在院子里摘苹果，做成黄油蛋糕一起享用的幸福。

编织色彩鲜艳的手套，烤制苹果黄油蛋糕，享用橡果咖啡，这些都是对冰霜王国小小的抵抗。

玛丽卡在心中尽情歌唱着明媚的歌谣，忍耐着时代的剧痛。

尽管如此，冰霜王国依旧毫不留情。

终于，雅尼斯也要被带走了，带到那寒冷的冰霜王国。

玛丽卡废寝忘食，拼命地编织手套。

她希望雅尼斯能戴上一副结实的新手套，并且平安归来。

玛丽卡发现自己下意识地选择了马厩之神的花纹。马厩之神是马匹、蜜蜂和光明之神。他能够加强人与人的羁绊，守护旅行

的人。

织到一半，玛丽卡的红色毛线用完了，就拆开奶奶过去为她织的红色手套，织进了雅尼斯的手套里。这双红手套，玛丽卡一直舍不得拆，小心翼翼地保留到现在。

为了让手套更温暖，她还在内侧加了一层毛线。

玛丽卡花了整整两天，终于织好了雅尼斯的手套。紧接着，她又走到阳台烤起了黑面包。

揉面的时候，玛丽卡一直祈祷雅尼斯能够健康、平安。

她在黑面包表面描绘了太阳神绍莱斯的花纹。玛丽卡已经无法靠自己的力量对抗这一切，只能求助于太阳神的力量。

接着，她又用描绘花纹剩下的白面包团，匆匆做起了奶酪球。她希望雅尼斯能美美地吃一顿自己最喜欢的点心。

她在面团里加入了蜂蜜、奶油和黄油。别人家都用白砂糖代替蜂蜜，但是玛丽卡会选择雅尼斯采集来的蜂蜜——这是养蜂人妻子的特权。

玛丽卡把刚做好的热乎乎的奶酪球盛到大盘子里，端到院子里。然后，两人并肩坐在苹果树下的秋千上，分享那盘点心。

只要吃到奶酪球，雅尼斯就会露出孩子般的表情。

玛丽卡很喜欢这样的雅尼斯。因为他看起来那么高兴，那么幸福。

可是这一刻，她食不知味。玛丽卡拼命忍住眼泪，不让自己哭出来。

雅尼斯吃光了玛丽卡做的奶酪球。

然后，他为玛丽卡弹奏了科勒琴。

这个科勒琴是雅尼斯父母踏上旅途时，他走进森林里砍下鱼鳞云杉亲手制作的乐器。在卢普迈泽共和国，这是上天赐予的神圣乐器。

雅尼斯温柔而宁静地拨动着琴弦，就像一阵清风低语着浓浓的爱意。

雅尼斯一直弹奏到夕阳西下。玛丽卡被包裹在美丽的音色中，轻轻闭上了眼睛。她真希望这一瞬间能够永远持续下去，然而，夜色还是悄悄降临。

渐渐转为褐色的天空中亮起了长庚星。明亮的星辰无言地注视着坐在秋千上的二人。

那是一个秋日。玛丽卡三十岁。麦穗染上了灿烂的金黄。

“一路平安！”玛丽卡用尽力气大喊着。

她希望雅尼斯能够平平安安地归来。

雅尼斯高高举起玛丽卡不眠不休为他织好的手套，用力挥动双手。他的背包里，装了许多黑面包。

玛丽卡一直挥着手，直到雅尼斯的背影越变越小，最后看不见了。然后，她轻叹一声，回到了家中。

玛丽卡用笑容送走了雅尼斯，这是她最骄傲的事情。因为雅尼斯一定会回来，她一定会像往常一样打开家门，对他说“欢迎回家”。那个日子说不定就在两天后，也有可能是一周后。

在此期间，玛丽卡必须独自守护这个家。她要忙碌起来，以抵消思念与寂寞。

她正收拾着厨房，突然想起自己忘了给雅尼斯一个吻。想到这里，一颗泪珠从玛丽卡的眼角滑落，打湿了她的手背。

那天夜里，玛丽卡做了奶油蘑菇炖菜，还用了雅尼斯最喜欢的奶酪。

后来，玛丽卡总是习惯多做一些饭菜。

那是为了让雅尼斯无论什么时候回来，都能吃上一顿饱饭。

从第二天起，玛丽卡就把全部精力倾注在针线活上。在雅尼斯回来之前，她要完成一件事。

原来，雅尼斯的毛袜子已经磨损了，手套上也有许多小小的破洞。

她要把那些破洞都缝起来。这样，就能让雅尼斯回家之后过得舒舒服服。

补好袜子和手套，玛丽卡又开始为雅尼斯编织新的钓鱼手套。这次，她选择了主神狄俄乌斯的花纹。

玛丽卡用黑色作为底色，穿插了橙色的狄俄乌斯花纹。平时她为雅尼斯织手套，都尽量使用稳重的颜色，但是这次特意选了明亮的色调。

黑色代表黑暗，橙色则代表黑暗中绽放的希望之光。玛丽卡在手套里融入了虔诚的祈祷，希望雅尼斯无论面对什么困难，都绝不放弃希望。

织手套时，玛丽卡心里一直惦念着雅尼斯。她不断祈祷雅尼斯能平安归来，戴上这双手套去做他最喜欢的事——钓鱼。雅尼斯一定也能感应到她的思念。

初雪落下之时，玛丽卡织好了钓鱼手套。那是目前为止她最精致的作品。最后，玛丽卡还在手套边缘加上了装饰，让它变得更漂亮。

手套的纹路细密，图案复杂而清晰。要是让擅长织手套的奶奶看到了，她一定会赞不绝口。

玛丽卡没想到自己能织出如此精致的手套。

因为玛丽卡曾经是个最讨厌织手套的女孩子。她十二岁参加手工艺考试时，也只能得到勉强及格的分数。

想到这里，玛丽卡不由得轻笑起来。

那是玛丽卡久违的笑容。

雅尼斯被带走的第一个冬天，是个前所未有的寒冬。

用寒冷完全无法形容这个冬天。大地封冻，卢普迈泽共和国到处都有人冻死。

玛丽卡担心得坐立难安。因为冰霜王国更为寒冷。那是一片寒冰覆盖的冻土，而雅尼斯没有传来一丝音信。

家里有壁炉，多少能抵御一些严寒。但是玛丽卡必须靠这些柴火撑到开春，不能有一点浪费。

雅尼斯离开后，玛丽卡才意识到人身上有着独特的温暖。即使在隆冬时节，只要跟雅尼斯在一起，他们的被窝就会暖洋洋的。可是，现在只有玛丽卡一个人躺在床上，无论过多久都暖和不起来。

每年最冷的日子在冬至过后。到了那个时期，两人会紧紧相拥，用体温守护彼此入眠，两个人的温暖已经合为一体。他们就是这样度过漫长的寒夜。

玛丽卡有生以来第一次孤独地度过了新年。

家里甚至没有装饰圣诞树。

没有雅尼斯的新年太无趣了。雅尼斯是玛丽卡的太阳，总是安静地照耀着她。

玛丽卡陷入了痛苦和孤独，她总是心神不宁，整天对着天花板发呆。太阳去了哪里？他是活着，还是死了？

每当此时，她就会点燃雅尼斯以前做的蜂蜜蜡烛，让烛光温暖孤独的心灵。

无论多么大声歌唱，一个人都不会快乐。无论多么想跳舞，她也没有舞伴。

玛丽卡万分期待温暖的春天快点到来。

因为，只要到了春天，鹳鸟夫妻就会飞来。去年春天，鹳鸟夫妻也来到了两人的庭院，产下鸟蛋，养大雏鸟，又回到了非洲大地。

所以，玛丽卡很想早点见到鹳鸟夫妻。雅尼斯不在，玛丽卡的家人便只剩下它们。

可是，堇花开了，虞美人开了，牵牛花开了，鹳鸟夫妻还是没出现。季节已经走过春天，迈进初夏。以前从未发生过这种事。

鹳鸟夫妻发生什么意外了吗？莫非有谁受伤了无法飞翔？还是它们断绝了关系，各自找到了新的伴侣？

玛丽卡每天早晨望向窗外，都会寻找鹳鸟夫妻的踪影。

但是，连向日葵都盛开了，鹳鸟夫妻还是没有出现在他们的庭院。

以前，总是鹳鸟夫妻给他们带来春天的消息，所以现在玛丽卡的心，一直留在寒冬。

祸不单行，连蜜蜂都出事了。

一天，玛丽卡打开蜂箱，发现蜜蜂全都冻死了。因为实在太冷，它们没能撑过冬天。果然，没有雅尼斯不行。

玛丽卡哭着把所有蜜蜂都埋在苹果树下。蜜蜂们失去了雅尼斯，也都成了孤儿。

说不定，鹳鸟和蜜蜂都知道雅尼斯不在这个家里了。

玛丽卡再次意识到雅尼斯的重要。一切都是雅尼斯在支撑，所有生灵都是因为喜欢雅尼斯才会造访这里。

尽管如此，小刺猬还是会偶尔出现，让玛丽卡内心得到一些安慰。

刺猬会在院子里四处探寻，然后回到它的小房子里休息。那是雅尼斯为它做的避雨之所。

玛丽卡不禁感慨，那是个多好的时代啊。

可是，既然蜜蜂全都死了，玛丽卡就要想想别的办法。

她想到了毛线。

家里还有许多雅尼斯父母留下的羊。她打算用羊毛来纺毛线。

以前，玛丽卡都在商店买毛线。但是现在，已经很难买到好毛线了。就算能买到，也是那种工厂量产的人工色彩，再也找不到过去那种自然的颜色。

玛丽卡很喜欢奶奶以前给她织的手套的颜色。只要看到那些颜色，她就会放松下来，沉浸在温暖中。

玛丽卡决定亲手纺制那种颜色的毛线。既然心意已决，就要马上行动。因为春天最适合收获羊毛。

然而，那并不是一项简单的工作。

玛丽卡一靠近绵羊，它们就会警觉起来，逃到远处去。

就在玛丽卡手足无措的时候，住在附近的男孩子们过来帮忙了。他们几人合力按住绵羊，快速而仔细地剃下羊毛，然后把羊毛拿到河边去清洗干净。

玛丽卡用冰冷的河水反复搓洗羊毛。河水散发着融雪和森林

的气息。她要用肥皂仔细清洗，换上好几盆水。肥皂当然是雅尼斯亲手制作的蜂蜜皂，所以纺出来的毛线也是玛丽卡和雅尼斯合作的产物。

羊毛洗完，就要晾干。

白羊能产出白毛，那种白是十分柔和的白。黑羊能产出黑毛，可以直接纺成黑色毛线。白毛除了纺成白色毛线，还能用植物染成各种颜色。

玛丽卡经历了几次失败和再度尝试，慢慢掌握了染色的技巧。

用红芜菁可以染出漂亮的粉色和绿色。

用洋葱可以染出淡淡的橘色。

用玛格丽特菊可以染出好看的奶油色。

黄绿、绿色和灰色，都能用白桦树的叶子来染。

褐色要用桤木来染，紫色要用蓝莓来染，鲜艳的黄色可以用蘑菇来染。

如同冬夜的深蓝，就要用蓼蓝来染。

这是玛丽卡反复尝试几年总结出的经验。然而，一旦有什么差错，还是会染成意想不到的颜色。

但是玛丽卡认为，这也不失为一种乐趣。不知不觉间，玛丽卡也变得跟雅尼斯一样富有耐心了。

毛线染上颜色后，会紧紧缩成一团，所以盘毛线也成了重要的工作。

玛丽卡经常坐在苹果树下的秋千上完成这项工作。她会把毛线放在雅尼斯以前的位置上。

虽然只是动动手指松开毛线，但那是一项十分舒缓的工作。这种感觉很像织手套，又有点不太一样。盘毛线时，玛丽卡的心会开阔、明朗些。

她旁边的水壶里，总是装满了菩提花的花茶。这是两人以前到湖畔度假时带的水壶。每次出门前，雅尼斯都会在水壶里灌满白桦树汁。

无论玛丽卡游到多远的地方，只要一抬头，都会发现雅尼斯的目光。无论何时，雅尼斯都在注视着玛丽卡。

所以此时此刻，雅尼斯一定也在注视着她的方向。无论相隔多远，就算两人的目光无法触及彼此，她依旧坚信着这点。

因为他们深爱着彼此，就像金银花的花语，牢牢维系在一起。

玛丽卡日复一日地坐在秋千上盘毛线，把弯曲的毛线捋直，除去粘在上面的枯草和小石子。

只要不嫌麻烦耐心地做这件事，毛线就会充满空气蓬松起来，变得温暖柔软。同时，指尖的油脂还会转移到毛线上，有防水的效果。

虽然这个工作漫长又乏味，但玛丽卡在工作时会与自己谈话，丝毫不感到痛苦。她心里装着许多关于雅尼斯的回忆。

把饱含空气的柔软毛线放到机器上纺制，就会变成细长的毛线。只要掌握诀窍，就算闭着眼睛也能纺出长长的毛线，无须担心断裂。

玛丽卡十二岁时参加的手工艺考试也有纺线这个内容。当时，玛丽卡临时抱佛脚，好不容易才考了及格。不过现在她开始感慨，当时虽然不情不愿地学了这些手艺，后来还是派上了大用场。

玛丽卡深深喜欢上了天然色彩的毛线织成的手套。她发现，如果怠慢了用好毛线这个出发点，那么无论融入再多的心意，都织不出好看的手套。

年轻时，玛丽卡更喜欢夸张的颜色。可是现在，光是看到那些颜色，她就会感到疲劳。

玛丽卡用天然色彩的毛线为雅尼斯织起了手套。她回忆着雅尼斯的双手大小，织出那一刻出现在心里的花纹。

她不仅为雅尼斯织手套，还为邻居、朋友和亲戚也织了许多手套。

玛丽卡会先决定要把手套送给谁，然后挑选毛线的颜色，决定手套的花纹。在织手套时，她还会祈祷那个人得到幸福。

如果要送给邻居家生病的老人，她就会祈祷疾病早日康复；如果是马上就要生宝宝的朋友，她就会祈祷她生下一个健康活泼的孩子。

玛丽卡喜欢不紧不慢地织手套，所以绝不会通宵达旦。因为她坚信，只要织手套的人身心愉悦，收到礼物的人也会身心愉悦。

所以，玛丽卡按时睡觉，按时吃饭，开怀大笑，不紧不慢地织手套。她不再像以前那样追求速度，而更喜欢沉浸在织手套的过程中。因为玛丽卡终于发现，织手套真正的意义在于过程，而不是最后的结果。

而且，只要一不注意，手套的好坏就会相去甚远。如果在身心疲惫的时候织手套，双手和肩膀会很僵硬，织出来的手套也太紧密。反之，如果太过呆滞，双手就会使不上力气，织出松松垮垮的手套。如果不保持情绪稳定，有可能织出左右不一样大的手套。

玛丽卡织手套时，总会在心中描绘将凹凸不平的土地犁平的情景。偶尔停下手来，她还会对眼前的手套说话。

“你心情如何？”

“今天天气真好。”

“冷不冷啊？”

她不仅为周围的大人织手套，还为孩子们织手套。那些都是失去了父母，成为孤儿的孩子。

包括玛丽卡在内，卢普迈泽共和国的女孩子如果没有满满一箱的手套，就无法出嫁。可是，并非所有人都能自己织手套。

有的女孩失去了母亲，也有的女孩跟玛丽卡一样，年轻时怎么都织不好手套。

好在玛丽卡有奶奶。可是，不一定所有人都像玛丽卡一样，身边有个教她怎么织手套的老师。

所以，玛丽卡要帮助那些孩子。这件事成了玛丽卡新的动力。

玛丽卡和雅尼斯没有生下孩子，但是现在，玛丽卡成了许多姑娘的妈妈。有了手套结缘，她认识了许多陌生的姑娘，又跟她们变得更亲密了，这样真棒。

越来越多姑娘聚集到玛丽卡家中。植物们生活的温室变成了织手套的教室。这个房间是玛丽卡与雅尼斯留给他们孩子的儿童房。因为他们想要很多孩子，特意留了宽敞的空间。

玛丽卡认为，当时的决定是正确的。正因为有了宽敞的温室，她才能在家里招待这么多女孩。

而且，因为把屋顶换成了玻璃，自然光尽情洒落，这是最适合织手套的环境了。

想到这里，玛丽卡就感到很幸福，同时感叹，自己的人生果然丰饶又受到眷顾。

春天来了，夏天过去，秋天造访，冬天降临。

春、夏、秋、冬。春、夏、秋、冬。

玛丽卡见证了季节的轮转。离她送走雅尼斯，已经过去了五年。玛丽卡三十五岁了。

那是夏至节前一天发生的事情。送信的青年骑着自行车，给玛丽卡送来了一个包裹。

玛丽卡一开始以为那是感谢信，因为那段时间，玛丽卡送过手套的女孩子开始写信给她了。

可是反过来一看，玛丽卡发现那是个陌生的寄件人，而且底下写着冰霜王国的地址。寄件人的姓名很复杂，不像卢普迈泽共和国的人名。

她不能贸然打开陌生人寄来的包裹。可是，那上面写的收件人，的确是玛丽卡的名字和这里的地址。

于是，玛丽卡把包裹放到了桌子上。她先烧了一壶开水，泡成菩提树花茶。今天有点着凉，玛丽卡就在茶里加了一勺蓝莓果酱。

把花茶倒进茶杯里，空气中立刻充满了淡淡的甜香。玛丽卡喝了一口茶，缓缓吐出气息。随后，她拿出了放在抽屉里的裁纸刀。

拆开充当包装的报纸，里面是一只脏兮兮的手套。而且，只有左手那一只。

没错，这就是雅尼斯的手套。这是玛丽卡得知雅尼斯要被带到冰霜王国，连夜织成的手套。泥污之下，她还能看见马厩之神的花纹。

有一封信与手套同封。

亲爱的玛丽卡小姐

你好。

我主（住）在冰（霜）王国。

这个（只）手套，掉在路上了。

手套里，有一

片（张）纸。

写着你的名子（字），

和地址。

我把手套，

寄给你（。）

这封信的行文蹩脚，还有错字，可见寄信人一定是努力翻着字典，好不容易写出了这几句话。

手套变得又旧又脏，写信的人大可以装作没看见。但是这个人不仅把手套捡起来，还寄给了并不相识的玛丽卡。

想象着那个场景，玛丽卡眼中噙满了泪水。

玛丽卡一直痛恨冰霜王国，认为冰霜王国的人全都野蛮而不知羞耻，暴力侵占了他人的家园，还能装出若无其事的样子。

可是，事实并非如此。冰霜王国也生活着能够与玛丽卡心灵相通的、温柔的人。

玛丽卡放声大哭。冰霜王国的好心人把手套捡起来拿回家，还专门写信寄给了她。她深刻体会到那个人的善良，再也控制不住眼泪。

玛丽卡感到，那个住在敌国的人轻抚了自己的肩膀。然后，她脑中突然冒出了以前从未想过的问题——冰霜王国的人，是否也跟他们一样，生活在痛苦中呢?

等到眼泪好不容易止住了，玛丽卡抬起左手，轻轻套上了雅尼斯的手套。她感觉，只要把手伸进去，就能触碰到雅尼斯的掌心。

玛丽卡慢慢地在手套中舒展手指。这样一来，她就会感觉雅尼斯温柔地握住了她的手。

玛丽卡回忆起与雅尼斯牵着手漫步的光景，不禁陷入陶醉。牵手漫步是如此理所当然的事情，直到她与雅尼斯被迫分开，才意识到那其实是无可替代的宝贵时光。玛丽卡用力握紧了手套。

这时，玛丽卡的指尖碰到了一个东西。她小心翼翼地把它取了出来。

手套里有一片扁扁的东西，还有一团硬硬的东西。

扁平的是树叶。虽然残破不堪，但可以看出是柏叶。树叶表面还有一个个针眼大的小洞。

玛丽卡一开始还以为那是虫子咬的洞，但是仔细一看，她发现并不是。

她拿起柏叶，转向光源。

谢谢你！

透过叶片的微光，似乎还带来了雅尼斯温柔的声音。

他可能已经找不到能够书写的东西，所以才在叶片上戳了小洞，组成文字。

那个瞬间，玛丽卡突然特别想念雅尼斯，很想立刻就见到他，张开双臂紧紧抱住他。玛丽卡心中，瞬间涌出了对雅尼斯深深的眷恋。

虽然玛丽卡无法抱紧雅尼斯，但她双手紧紧握住了眼前的橡果。

与柏叶一同塞在手套里的，就是这颗圆圆的褐色橡果。这一定是雅尼斯专门找来送给她的礼物。因为人们相信，口袋里放一颗橡果，会遇到好事。

玛丽卡很快就把橡果放进了围裙口袋里。仅仅是这样，她就感到腰间冒出了一股暖意。

玛丽卡再次对寄来手套的冰霜王国的人默默表达了感激之情。如果没有那个人的善意，玛丽卡就无法与雅尼斯的手套重逢。

那天夜里，玛丽卡也多做了一些饭菜留给雅尼斯。她做了许多加入葛缕子的白奶酪。

还做了甜菜汤。

饭后甜品是草莓点心。

这些都是为了跟雅尼斯一起欢庆夏至节的到来。

对玛丽卡来说，只剩下一只的手套，绝不意味着雅尼斯已经不在人世。

完全相反。那只手套是雅尼斯活着的证据。

玛丽卡选择相信这点。

第二天早晨，玛丽卡用蜂蜜皂仔细清洗了弄脏的手套。接着，她又用毛线精心缝补了手套上的脱线和破洞。

她把刻着“谢谢你”的柏叶，夹在一本诗集中。

那是雅尼斯被带走时，放在卧室床头柜上的本子。

玛丽卡知道雅尼斯会在那个本子上写点东西。但是他本人从来不提起这件事，玛丽卡也就一直装作不知道。

那个本子上都是雅尼斯自己创作的诗，是雅尼斯灵魂的呢喃。

玛丽卡不时拿出诗集里的柏叶，对着光细细打量。如此一来，她的心中就会重新燃起希望。

终章 手套

拇指手套

玛丽卡依旧每天织手套。对她来说，织手套就是人生，是如同呼吸一般自然的行为。玛丽卡的想法变得跟奶奶一样了。

玛丽卡已经四十九岁了。卢普迈泽共和国依旧被冰霜王国统治着。

细数下来，雅尼斯离开家已经十九年了。玛丽卡闭上眼睛，想象雅尼斯五十岁的模样。

他头上可能多了许多白发，脸上可能有了皱纹，说不定腰背也弯曲了。

然而，雅尼斯就是雅尼斯。

玛丽卡头上也多了许多白发，脸上有了皱纹。而且，腰上还长了一圈赘肉。年轻时好似白桦一般苗条的玛丽卡，现在已经如同菩提树一般稳重。

那天，玛丽卡向森林走去。

今天是雅尼斯的五十岁生日。雅尼斯生在六月。以前，玛丽卡听雅尼斯的妈妈说过，他出生那天外面安静地下着小雨。

过了半个世纪，在雅尼斯五十岁生日这天，同样下着小雨。不过，这点小雨不需要打伞。应该说，温柔的雨滴仿佛在对玛丽卡倾诉让人怀念的往事。

玛丽卡要去的地方，是她与雅尼斯曾经互诉衷肠的林中礼拜堂。不过，她已经无法像那时一样走到森林深处，脚下的路也变得难以辨认了。

玛丽卡挑选了一个离家不远的地方，站在那里四下张望。这是一块空地。她抬头看向天空，几只鸟儿停留在附近的树梢上轻声鸣叫。玛丽卡感到心中渐渐平静下来。

“就在这里吧。”

玛丽卡低声呢喃着，在地上挖起了洞。她挖了一会儿，便从围裙口袋里拿出了橡果。

那是雅尼斯藏在左手手套里，从冰霜王国送到玛丽卡身边的橡果。在卢普迈泽共和国，人们相信只要口袋里放一颗橡果，就能遇到好事。

玛丽卡一直随身携带着那颗橡果，从不让它离身。也许因为这样，玛丽卡才过上了平静安宁的日子。

玛丽卡把橡果放进洞里，一点点埋上了土。因为下着小雨，土壤湿润柔软。她埋下橡果的地方，长出了娇嫩的花草。

清风、虫儿、花草，还有其他一切生灵，都在注视着玛丽卡。森林里荡漾着静寂，仿佛所有生灵都主动停止了交流。

玛丽卡准备亲手再建一个礼拜堂。

回家的路上，玛丽卡突然想起小时候跟哥哥们说过的话。

记得那是玛丽卡五岁的时候。她跟哥哥们走进森林砍圣诞树时，大哥向她提了个问题。

“如果你要将这颗核桃分给所有兄弟姐妹，该怎么分？”

玛丽卡脚下落了一颗核桃。

当时，她想也没想就大声回答：“我要埋在土里！”

哥哥们全都瞪大了眼睛。可是，玛丽卡对自己充满了自信。

“我要把核桃埋在土里，等它长大结出果实，就能大家一起吃个痛快了。”

玛丽卡没有选择四个人分享一颗小小的核桃，而是决定把核桃埋在土里，等到它结出许多核桃，再与大家分享。

一开始，哥哥们都惊讶得说不出话来，但是过了一会儿，他们都觉得这个主意很不错。这个问题，本来就没有标准答案。

如果现在又有人向玛丽卡提出这个问题，她还是会给出同样的答案。哪怕自己肚子饿了，也不会吃掉眼前的核桃，而是忍着饥饿，把它埋在土里，等到它长大了结出果实，再跟别人分享。从小到大，这个想法从未改变过。

玛丽卡回到家，坐在椅子上，倒了一杯白桦树汁。不知什么时候，连鹳鸟的巢都不见了。

窗外的紫阳花沐浴在细雨中，苹果树下的秋千也被雨水打湿了。

玛丽卡看着那片景色，静静地喝着白桦树汁。玛丽卡的心中，流淌着一股清泉。

白桦树汁是雅尼斯最喜欢的饮料。她突然想起，雅尼斯每次喝白桦树汁，都说自己好像变成了一株白桦树。

玛丽卡一直以为那是玩笑话，可是现在，她突然明白了雅尼斯的意思。

的确，玛丽卡也感觉自己的身体变成了一株白桦树。那是一种很愉悦的感觉。

玛丽卡喝着白桦树汁，渐渐有了睡意。

平时，她不会在这个时间感到困倦。可是现在，她无法抵御浓浓的睡意侵袭。

玛丽卡躺在沙发上，很快，她就陷入沉睡。安静的小雨成了催眠曲，安抚着玛丽卡的身心。

她究竟睡了多久？

玛丽卡突然醒来。不知从何处传来了科勒琴的清澈琴音，窗外还有一片耀眼的光芒。玛丽卡撑起身子，向外看去。

她不由得屏住了呼吸。

雨后的晴空中，出现了一道彩虹。

地面闪闪发光，秋千也在闪闪发光。她看到了美丽的花园，后面就是幽静的森林。

这一切，都笼罩在彩虹如梦如幻的光影中。

玛丽卡发现，自己并没有失去什么。

她只是发生了变化。

雅尼斯也一样，他并没有消失。

清风、阳光、细雨、彩虹、大地、草木，它们都只是改变了模样。

这天以后，玛丽卡不再多做一个人的饭菜。

因为雅尼斯在耳边对她低语，已经不需要这样做了。现在，雅尼斯的声音常在玛丽卡耳边响起，甚至比以前更清晰。

她不会流下伤心的泪水。因为她的心中，只有阵阵清风。

几天后，玛丽卡第一次想到给自己织手套。在此之前，她的手套都是为了别人而织。从她手中织就的手套，都是某个人的礼物。

不过，现在玛丽卡想要一双自己的手套，一双既温暖又能装点她双手的手套。

玛丽卡站在毛线架前，挑选自己喜欢的颜色。

首先，她拿起了浅灰色的毛线。接着，又拿起了粉色和绿色的毛线。

玛丽卡开始用这些毛线编织碎花手套。她想要编织出活泼跳动的可爱花纹。她以前从未尝试过这种花纹，一直都习惯编织传统而古老的图案。

玛丽卡织出了苹果花的图案。几年前，玛丽卡也失去了父母，成了一名孤儿。苹果花会引来许多蜜蜂，而蜜蜂就是雅尼斯的使者。

玛丽卡一点点为自己编织手套。只要她认真起来，三四天就能织好，可是，她不舍得这么快完成这双手套。

不知从何时起，玛丽卡也变得跟雅尼斯一样，能够听见非人类的语言。她最擅长跟毛线聊天。

只要她敞开心灵，侧耳倾听，就能听见毛线的低语。

Latvija . mh.

毛线会对玛丽卡说好多好多话。有的时候，玛丽卡甚至要对它们说：“对不起，现在我要集中精神，能稍微安静一点吗？”

但是，玛丽卡心里很清楚。

聊天的时间越长，毛线的光泽就会变得越美丽。

玛丽卡很喜欢这样的时光。所以，她不会抓紧时间织手套，而是慢悠悠地完成。

秋天快要结束时，玛丽卡织好了碎花手套。那成了她最喜欢的手套。

她戴着手套走在村子里，许多人都会跟她打招呼。

一旦得到夸奖，玛丽卡就会流露出少女一般高兴的表情。不过，无论别人怎么恳求，她也不答应织同样花纹的手套。

因为，玛丽卡已经暗自做了决定。这是只属于她一个人的手套。

后来，玛丽卡每天都会到森林里，照料新的礼拜堂。

要是土壤过于干燥，她就会打来泉水浇灌。

“要多喝点好喝的泉水哦。”

玛丽卡对地面低语的模样，跟年轻时的雅尼斯如出一辙。

自从土里冒出了嫩芽，玛丽卡就总是担心强风会把它吹断，动物会把它咬坏。只要玛丽卡一担心，雅尼斯就会在她耳边轻声说：别担心，玛丽卡，一切顺其自然就好。

那年冬天下了好大的雪。卢普迈泽共和国的人认为，多雪的冬天才是好冬天。玛丽卡心里也很高兴，还久违地在冻结的河面上溜冰了。

漫长的冬日结束后，玛丽卡重新回到礼拜堂，发现嫩芽已经长出了水滴形状的叶片。纤细的枝条上一共有五枚叶片，沐浴在和煦的阳光中，闪闪发光。

玛丽卡从家里搬来椅子，还带上了放置饮料和食物的小桌子。

曾经，雅尼斯坐在湖畔，静静地注视着玛丽卡，不时低头写几行诗。如今，玛丽卡也坐在礼拜堂中，翻看雅尼斯的诗集，不时喝几口茶。有时候，她会在那里打盹儿，当然，也会在那里织手套。

橡果长成的栎树越来越高，曾经是一片天空的位置，慢慢被树冠占据了。一开始还需要玛丽卡时刻保护的小树苗，转眼之间就改变了模样。现在，它已经成了守护玛丽卡的大树。

下雨时，玛丽卡可以在树下躲雨。到了夏天，它又成了为玛丽卡遮阳的阴凉之处。它的树干又粗又壮，玛丽卡可以尽情地靠在上面，无须担心把它压弯。

栎树在冬天孕育嫩芽，一到春天，就比森林里任何草木都积极地生长出叶片，然后开出灿烂的花朵，可谓一气呵成。

栎树的花就像蜡烛的烛光。玛丽卡每次看到那些花，都会想起小时候跟家人一起装饰的圣诞树。

花儿还会引来许多蜜蜂。看到蜜蜂，玛丽卡就像看到了雅尼斯。

到了盛夏，栎树会结出许多带着尖刺的绿色果实。坚硬的外壳里面藏着浑圆的种子。没错，那些就是雅尼斯送给玛丽卡的褐色橡果。

不知不觉，栎树已经成了必须抬头仰望的高大树木。一切仿佛发生在转瞬之间。玛丽卡觉得，这就像人生。玛丽卡的人生，也在转瞬之间走到了这一步。

十年过去了，二十年过去了。

玛丽卡已经完全变成了老太太。无论何时都开朗爱笑的玛丽卡，是村里最受欢迎的老太太。人人都夸奖玛丽卡织的手套好看又暖和。最近，还有人专门从远方赶来，希望得到玛丽卡织的手套。

每次遇到那样的客人，玛丽卡都会热情招待。

她会烤制点心，泡草药茶，有时还会做一顿饭菜款待客人。若是客人发愁没有地方落脚，玛丽卡还会请他们在家里过夜。植物们的温室变成了客人的房间。

因为她每次都会听见耳边响起的声音。那是雅尼斯清澈的低语。

玛丽卡，让他们留下来吧。

好呀。玛丽卡也会安静地回答。

只要有客人留下来过夜，玛丽卡就会开一瓶什马科夫卡，然后做上一桌拿手好菜。

喝下什马科夫卡，客人们都会开起平时不好意思说的玩笑，然后，一桌人就会捧腹大笑。每当此时，玛丽卡又会听见雅尼斯的笑声。只要听到那个声音，她就觉得自己有了好好活下去的动力。

玛丽卡的眼角镌刻着深深的笑纹。因为她时常嘴角微微翘起，就算没有表情，也像是面带微笑。

但是，你们可千万别误会了。

卢普迈泽共和国依旧处在凛冬的时代，现实无比冰冷。有的人被杀害，有的人被带走，有的人被施暴，这些仍旧是每天发生的事情。

也许有人会想，处在这么艰难的时期，玛丽卡如何笑得出来。

其实不仅是玛丽卡，卢普迈泽共和国的人民，都会在最痛苦的时候发出最豪放的笑声。

因为哭也没有用。反之，只要保持笑容，就能给那些比自己更痛苦的人带来勇气。如果一直沉浸在悲伤中，就不会遇到任何好事。

卢普迈泽共和国的人民，就是这样互相鼓励着彼此生存下去。

村里有许多人都被玛丽卡的笑容鼓励了。

还有许多女性都得到过玛丽卡为她们编织的手套。所以，只要看见玛丽卡，她们就会走上前去，跟她闲聊几句。玛丽卡成了大家都喜欢的人。

她有一起喝茶的邻居，需要干体力活时，还有许多年轻的小伙子立刻过来帮忙。每天都有人到玛丽卡家做客，所以她从不孤单。应该说，玛丽卡的每一天都过得热热闹闹。

但是，在寂静无声之时，她总会突然怀念雅尼斯。她心里清楚雅尼斯已经踏上了旅途，但还是忍不住想见他。

因为玛丽卡深爱着雅尼斯。直到现在，她的爱意都未曾减退半分，反倒爱得更深了。

玛丽卡七十岁那年，卢普迈泽共和国恢复了独立。过于漫长的凛冬终于走向了终结。卢普迈泽共和国再次迎来了和平。

不久之后，玛丽卡加入村里的合唱团。其实她更喜欢跳舞，只是现在已经无法像年轻时那样灵活地扭动身躯。而且，她的舞伴只有雅尼斯。

玛丽卡还经常到自己培育的林中礼拜堂做点编织活。

不过，她已经不织手套了。她把家里的手套都拆开，织成了杯垫、锅垫和茶壶罩。

有人说，她给雅尼斯织了这么多手套，拆了多可惜呀。可是，对玛丽卡来说，用不上更可惜。

连以前辛辛苦苦织的钓鱼手套，玛丽卡也爽快地拆掉了。要是还有多出来的毛线，玛丽卡就接到旧毛线上，织成织带。

羊群你一言我一语地对玛丽卡说话。玛丽卡听着它们的声音，感觉连毛线也高兴起来了。

做好织带，玛丽卡就把它系在栎树上。远远看去，栎树就像穿上了五颜六色的衣服。这是玛丽卡深爱栎树的证据。

她手头只剩下为自己织的苹果花手套，还有雅尼斯留下的那只手套，以及几双为自己葬礼准备的手套。

剩下的手套全都被她织成了别的东西，送给想要的人。玛丽卡不想浪费自己辛苦纺出来的毛线。

最后，玛丽卡把雅尼斯留下的手套也小心翼翼地拆成了毛线。接着，她用那些毛线织了一只适合自己手掌大小的手套，又用剩下的毛线织了一个玩具小熊。那是玛丽卡人生最后的编织。

卢普迈泽共和国恢复独立七年后，玛丽卡也踏上了旅途。

玛丽卡身穿民族服饰，手上戴着雅尼斯的那只手套。

两人手牵着手启程了。

“谢谢你！”

这是玛丽卡最后的话语。

玛丽卡能用这句话结束自己的一生，那么，她的人生应该是幸福的。玛丽卡和雅尼斯都走过了美好的一生。

玛丽卡出生那天，爸爸和三个哥哥走进森林，砍了用作圣诞树的云杉带回家。

爷爷为她的柳条小床铺好了毛毯。

奶奶为她织了小小的手套。

妈妈为了祝福玛丽卡，烤了好吃的黑面包。做面包时，妈妈在上面点缀了拉伊玛的花纹。

幸福长寿。这就是家人对玛丽卡的祝福。

玛丽卡的人生真的幸福长寿。虽然她生在一个艰难的时代，但是从不认输。玛丽卡用笑容结束了一生。

很快，卢普迈泽共和国就要迎来建国一百周年。

如果玛丽卡还活着，她也要一百岁了。

如果你在什么地方看到小熊玩具，请停下脚步。看看那只小熊，是否穿着红色的连衣裙？

如果是，连衣裙上可能用了玛丽卡的奶奶为刚刚降生的玛丽卡织手套时用到的毛线。

essay

神灵寄宿的手套

ezers 湖泊

拉脱维亚人很亲近湖泊。与我们同行的音塔转眼之间就换上泳衣，好似被宁静的湖面吸附一般，自由自在地畅游，给我们留下了很深的印象。

那个国家有着美丽的手套文化。

他们的手套在当地叫作“Cimdi”，我们则叫“Mitten”。

手套不仅是防寒用具，也是节日的特别装饰，装点了人们的华丽外表。当地的手套花纹繁多，配色也很独特。新娘出嫁时要带上满满一箱手套。对这种手套文化了解得越深，我就越感到不可思议。为了进一步接触手套文化，见见编织手套的人，我决定亲自造访手套王国。那个国家名叫拉脱维亚，是波罗的海三国之

家家户户的窗外都装饰着花草，还挂着漂亮的蕾丝窗帘，赏心悦目。

拉脱维亚的房子颜色也很可爱。而且每家每户的院子里都有精心打理的树木。

一，人口仅有二百多万。

二〇一五年七月，我在赫尔辛基转乘小小的螺旋桨机，飞到了拉脱维亚的首都里加。这座城市比我想象的还要明快，人们也格外开朗。当时夏至节刚刚结束，太阳会在空中一直停留到晚上。阳光灿烂，人们脸上的笑容也闪闪发光。这就是我对拉脱维亚的第一印象。

拉脱维亚人有信仰自然多神教的传统，就像日本人信奉

dāvana 礼物

家里有个美丽庭院的老太太送给我们许多水灵灵的草莓和鲜花。拉脱维亚人格外重视慷慨的馈赠。

八百万神灵一样，认为木、石、土、火皆有神明寄宿。可能因为这样，我总感觉拉脱维亚人与日本人有点相似。可以说，日本人能够在这个国家中找到熟悉的感觉。

离开里加前往拉特加莱时，我来到一个小小的村庄散步。走着走着，我看见平泽摩里子女士笑容满面地朝我走了过来，她手上还抱着一大束鲜花。原来，她刚才在一座房子门前拍照，住在房子里的老太太分了一些刚刚在院子里采集的鲜花给她。而且，

istaba 房间

房间里有织布机，孩子们从小就在这些工具的环绕下长大，自然而然地习得技能。母亲会在生活中向女儿传授许多智慧。

dūraini 手套

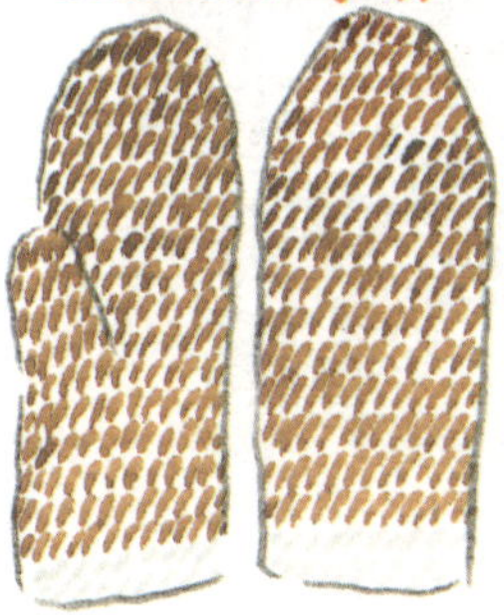

最开始学习的是简单的单色手套编织。虽然朴素，但也很好看。上边的部分使用黑羊毛，底部使用白羊毛。

josta 织带

融入拉脱维亚自然信仰符号的特殊织带——里尔瓦德。这种织带主要用于获知自己守护神的仪式上。

还有许多新鲜的草莓！原来拉脱维亚也跟日本一样注重待客之道，要用家中最好的东西招待客人。

可爱的木头小房子旁边有个大庭院，里面开满了漂亮的花。拉脱维亚人会用这些花制作花冠。而且，每家院子里一定种着柏树、菩提树和苹果树。

柏树是男性的守护神，菩提树是女性的守护神，苹果树则是孤儿的守护神。再加上神树白桦，这些都是人们绝不会砍伐的树

女性结婚时，会带满满一箱自己制作的手套、袜子、腰带等嫁妆出嫁。里面还有送给夫家亲人的手套。

或是坐在沙发上，或是坐在摇椅上，女性只要一有时间，就会灵巧地舞动棒针，编织手套。

婚礼用的手套分五指，使用许多颜色，织出各种花纹（行星、大地女神玛拉、星辰、松叶）。

木。砍伐其他树木时，拉脱维亚人也要先在树干上系一条织带，向树木之神道歉之后再动工。

我彻底迷上了拉脱维亚。原来世界上竟生活着这样一群心灵美丽而谦逊，从不缺乏笑容的人。

拉特加莱被认为是拉脱维亚的发源地。早在几千年前，人们就在这里聪慧而勤劳地生活着。直到现在，那种基本生活方式仍未改变。他们会用自己的双手制作衣物，然后无比珍惜，甚至穿

上一辈子。不仅是衣物，篮子、器皿等日常用品也都自己制作。这些技能都是代代相传的，也能在学校学到。

当然，织手套也是必备技能之一。孩子们先练习编织围巾和帽子等简单物品，到十岁左右开始学习织手套。

最重要的手套，就是婚礼手套。男性向女性求婚后，女性会以这种手套表示答复。过去，拉脱维亚人民一直用手工艺品来表达自己的世界观和内心，因此手套也是向对方表达心意的载体。

rupjmaize 黑麦面包

带有丰饶之神标志的黑麦面包。咬一口就能品尝到水果的清香和淡淡的甘甜。

bērzs 白桦树

白桦树汁只能在融雪后很短一段时期内采集到，可以说是春天的恩惠。这种树汁没有气味，也不会苦涩，就像纯净的水一样。

婚礼手套为五指款式，一直延伸到手腕部位，而且还必须织入复杂的花纹。如果能织出尺寸恰好的手套，意味着新郎新娘将会拥有幸福的婚姻生活。

手套上的花纹代表着拉脱维亚人信仰的自然神明。比如波浪纹代表了大地女神玛拉，是守护女性，尤其是母亲的神明，同时也是掌管健康的女神。

就像这样，每一种花纹都有独特的意义，人们在织手套时会

pankūkas 松饼

面包博物馆的工作人员手上端着鸡油菇和南瓜做的松饼，松软香甜。

gurki 黄瓜

把新鲜的黄瓜放在冰凉的井水里浸泡片刻，加入黑醋栗叶、莳萝、大蒜等配料腌制。味道清淡鲜美，特别好吃。

选择一种或多种花纹，有意或无意地向对方传达自己的心意。

花纹不仅能织进手套里，还能装点在衣服、器皿，甚至食物上。由此可见，拉脱维亚人民信仰的众神极其贴近他们的生活，融入了日常生活的各个角落。

我们在面包博物馆品尝到的黑面包上，就装饰着两根麦穗交错的丰饶之神花纹。黑面包是拉脱维亚人餐桌上必不可少的食品。对他们来说，这可能就是所谓的灵魂食品。拉脱维亚人到外

面包博物馆的工作人员用丰盛的早餐招待了我们。餐桌上满是新鲜的食材，连餐桌本身都好看又别致。

国旅行时，也会在行李箱里装上一点黑面包。

经营面包博物馆的是一位非常有魅力的女士。一说起面包，她总是滔滔不绝。

原来，餐桌是神明的掌心，面包是上天的恩惠。所以，做面包要时刻保持开朗积极的心情，祈祷用餐之人的平安与健康。通过一个小小的面包，拉近用餐者的距离。

那位女士总保持着灿烂的笑容。问其缘由，她说：

zupa 汤

甜菜冷汤是拉脱维亚的特色菜品，一端上来就能让餐桌变得更鲜艳华丽。

ogas 浆果

浆果和炼乳做的点心。新鲜采摘的浆果充满山野气息，香气浓郁。

“因为悲伤不会带来任何好事。只要保持灿烂的笑容，就能拯救比自己更悲惨的人。”

不仅仅是美味的黑面包，我们在拉特加莱品尝到的当地美食都让人难以忘怀，那些都是周围森林和湖泊的馈赠。

把干硬的黑面包跟草药、黑糖混合起来，就能做成名为“格瓦斯”的饮料。甜菜冷汤呈现出鲜艳的粉红色，里面添加了切碎每5年举办一次的“歌舞节”是拉脱维亚人最重要的节日。今年(2015年)正好是五年的中间点。全国各地通过了预赛的孩子们全都聚集到里加，参加在那里举办的青少年节。

的煮鸡蛋和莳萝，味道清爽。夏至节的美食是加了许多葛缕子的白奶酪。湖里捕获的白斑狗鱼是仅限夏季供应的绝顶美食。吃到最后，一定还有一盘新鲜浆果甜点，里面添加了手工制作的冰激凌和生奶油。

这些食物虽然简单，但也凝练，甚至被评为了欧洲传统饮食文化遗产。在清澈美丽的拉特加莱，传统饮食不会有一丝一毫的浪费，体现了人们勤恳而知足的生活方式。

1 pirmādiena
第一天

第一天是舞蹈之日，从四五岁的儿童到高中生齐聚一堂，热闹的舞姿令人震撼！看着他们快乐舞蹈的模样，心里会忍不住涌出一股热意。

2 otrādiena
第二天

第二天是歌唱之日。一万五千名孩子聚集在森林公园的郊外音乐厅齐声合唱。这个节日同时也是建国和恢复独立的契机。了解这个背景后，再听全场合唱国歌，便会忍不住热泪满眶。

对拉脱维亚人来说，还有两件比吃更重要的事，那就是唱歌和跳舞。拉脱维亚人深爱着这两件事。他们会穿上鲜艳的民族服饰，无论男女老少，都骄傲地展示歌喉，欢快地跳舞。光是看着他们的样子，就会感动得流泪。年轻人的歌舞节庆，更是充满了生机和喜悦。

最后一天，我们正在参观节日游行，有个女孩送了一束花给我。我把花做成了压花，贴在拉脱维亚纪行的笔记本里带回了家。

3 trešādiena 第三天

第三天是节日游行。男性手持柏叶，女性拿着当天早晨采摘的花束，穿过里加的街道。明媚的笑容让人陶醉不已。

这本笔记本比钱包和护照都更珍贵。

我在如同宝石般闪闪发光的拉脱维亚拾起了许多故事的碎片，最后写成了《拇指手套》这本书。完稿之前，我一共造访了那个国家三次。希望这本书能够为你送去那里的森林、清风、阳光、湖泊和人们的笑容与温情。

pušķis 花束

制作花束和花冠时，要选用当季生长的二十七种花草。即使是简易版本，也要凑齐九种。

版权登记号：01-2021-1315
图书在版编目（CIP）数据

拇指手套 /（日）小川糸著；吕灵芝译．
--北京：现代出版社，2021.5
ISBN 978-7-5143-9102-2

Ⅰ．①拇… Ⅱ．①小… ②吕… Ⅲ．①长篇小说－日本－现代 Ⅳ．①I313.45

中国版本图书馆 CIP 数据核字（2021）第 044561 号

拇指手套

著　　者　[日] 小川糸
插　　图　[日] 平泽摩里子
译　　者　吕灵芝
责任编辑　赵海燕　王　羽
出版发行　现代出版社
通信地址　北京市安定门外安华里 504 号
邮政编码　100011
电　　话　010-64267325　64245264（传真）
网　　址　www.1980xd.com
电子邮箱　xiandai@vip.sina.com
印　　刷　北京瑞禾彩色印刷有限公司
开　　本　880mm×1230mm　1/32
印　　张　5.75
字　　数　105 千字
版　　次　2021 年 7 月第 1 版　2021 年 7 月第 1 次印刷
书　　号　ISBN 978-7-5143-9102-2
定　　价　49.80 元